御庄博実詩集

Mishou Hiromi

Shichosha
現代詩文庫
168

JN274469

Gendaishi Bunko

思潮社

現代詩文庫 168 御庄博実・目次

VI　呼吸飢餓

作品論・詩人論

装幀・芦澤奉偉

詩篇

詩集〈岩国組曲〉から

岩国組曲

プロローグ

黄塵が立ち、黄塵が立ち、遠い大陸から東支那海を超え
　て黄色い塵埃が降ってくる。
日独伊、三国防共協定。
日独枢軸国——枢軸……——枢……
それら小さな活字の上に黄色く塵埃は降り、人々の脳髄
　を染めて思考は正確な文字をたどることも出来ない。

許されるのはただ沈黙の狂乱。
今日も紅白の日の丸で窓々を彩色した軍用列車が、広島
に近い海浜の小邑を過ぎ、道端に小学生が立ち並び、日
の丸を振り、日の丸を振り……
許されるのはただ沈黙の狂乱。
そのカーキ色に塗りつぶされた制服の瞳の奥に悲しい憤
りに輝いている眼底動脈の怒張。きららかな角膜に光る
その狂乱。その呪咀に似た祈り。

瀬戸内海・広島湾・厳島・津久根島・兜島——これら凡
て紺青の記憶ではあるが、いま緑の樹々を染めてしきり
と人々の脳髄を濡らすものは何。あふれひたすこれら溟
濛ぼうばくの色彩は何。
日独伊、三国防共協定。
日独枢軸国——日独……——
黄塵が立ち、黄塵が立ち、遠い大陸から東支那海を超え
てカーキ色の無数の黄塵は、いつ南溟の果てに消えるの
であろうか。

一章　幻影

三頭搏筋・僧帽筋・そして大胸筋等のあざやかな階調が

交錯する放射線のように入りまざりながら燃えたぎる日差しに黒々と動きはじめる。肋骨。日焼けした胸。彫りの深い胸郭にはげしい肺胞の息づかいがきこえる。トラックの騒音。エンジンの匂いにまざってむせかえる体臭。次々に運ばれる赫土の土埃りの中に時折鶴嘴の陽光をあびた反射がきらめく宝石のように眼を射ることもある。

〈岩国海軍航空隊建設用地〉

乾けば一様に白っぽく崩れて行く山砂の堆積が、設定された荒縄の一角から、黒く油ぎった稲田を截ってゆく。既に大きく株を張った稲が、水平に、或いは斜めに、押さえ倒されて一様に白く塗りつぶされる炎天。

狭い田舎道の石ころを蹴飛ばしながらはげしい車輪の響きが小さな藁屋根を白っぽく埃によごしはじめた頃は、裏庭の三羽のレグホンも驚きの声をあげて羽毛を逆立てたりしたが、小ちゃな赤犬が見馴れぬトラックにうなり声を立てるのを止め、ものうい視線で迎えるようになってからは、やせた首を振りながらコツコツとつぶやくように地面を掘るばかり。

海軍省買上用地の縄張りをまぬかれた緑に輝く水田も近頃は白っぽい埃をかむって、水枯れの怖れが人々の口の端にひそひそと語られる。

土——

長い間貧農の、それも貧しい生計を支えてきた土。虐げられ、しぼりとられて、骨まで喰いつくされる土。おじじの、おばばの、ひいじじの……

「もう二番除草もすんだというのに……」

「お上の命令じゃあ仕方がねえだ……」

「いくら痩せてるからといっても、あれっぽっちの金でおらの田を……」

「戦争が大きくなるんじゃろう。仕方がねえだ。戦争にゃあ勝たにゃあならんもん……」

戦争。戦争。……

奇妙な二つの字画の意味が遠い大陸の空から運んでくる幻影に人々の語らいは一そう低くなる。白く濁った眼球の奥底で人々の思考は決して一点にとどまっていることはない。

拡がってくる惨めな予感——　その下腹をものうくゆす

ぶっては這い上がる予感——

局地解決・不拡大方針〈局地解決〉〈不拡大方針〉重なり重なりあった鉛の活字が薄っぺらな紙面をおしつぶすように飾りたてるが、不思議なことに人々の肩にかかる気圧の重荷は増々重くなるばかり。

〈南京陥落・漢口へ！〉

〈支那事変三周年記念〉


時折きらびやかな幻覚をよそおいながら羽毛のように舞い落ちる紙片。その一枚の紙片。人々はその紙片に真赤な血の色を見ながら、その日から自分の脳髄を何処かへ置き忘れるのだ。そのばらばらと肋骨を剝がして落ちてくる失われた安息の痛みも、もはや何処かへ置き忘れた脳髄のその遥かに遠い記憶の中に消えるばかり。

『武運長久』なんぞの幟が汚れた日の丸と一緒に飾られた日から、長い葬列に加わらなければならない暗い予感にふるえながら……


拡がってゆく赫土の上に格納庫の円い鉄骨のアーチが三つ四つその黒く折れ曲った腕を拡げて、錯乱した翳を人々の心に投げかける。

一里ばかり離れた旧い城下町の川岸には、欄干を濃いベニガラで塗った淫売屋が立ち並び初める。

二章　戦火

風に流れる航空標識
赤トンボ　赤トンボ
エンジンの音の中に時折かすかに聞こえる怒号
秋

一昨年の二番除草のすんだ田をとられたのは痛かったが……飛行場が出来てから田の水はけが悪うなって……去年もしいらが多かった……どうにか今年は肥も無理をして喰わしたが……秋になっても水が落ちないで……これでは稔りも軽いわい……狭い田畑になっただ……おじじも墓の下で泣くだろうに……長男が征ってからは……こ

の齢に腰の骨も痛んで……

埃っぽい稲田の向こうから機体の動くたびにキラキラと射るように流れてくる金属性の反射光が、振り上げた四本鍬の刃先に光って奪い去られた生活の痛みがふっとよみがえり、打ち下ろす柄に歯ぎしりする程力がこもる。生活。生活。

青い空に黒々と肩を怒らせる司令塔に、あるいは、航空隊から海岸づたいに一里も離れた県境にまた始まった赫土の埋立ての中に、ざらざらと砂を噛んで仰向けにひっくりかえり沈んで行った生活。まるで精霊舟のような揺曳。その重みに引きずられる肩甲骨の痛み。

赤トンボ　赤トンボ
風に流れる航空標識
……怒号
風を切って頬に鳴る革帯の響き
夜、淫売屋はゾルダーテン
夜、淫売屋はゾルダーテン

埋立ての終わった県境の海岸には、冷たい秋の夜風を切って古びた筵が暗いランプの灯をもらす。黒々と立ち並び始めたガソリンタンクの巨大な円筒がここでは人の心を穀象虫のように暗くする。シラミと南京虫にせめられながら、うすい一枚の毛布を奪い合うように眠りほうけている朝鮮人労働者の鰯のように並んだ顔々は、ブロンズの光沢をたたえてきびしい民族の虐待を堪えていた。ニンニクの匂いにまみれて、時に家族連れの異邦人達に与えられた三家族一部屋の一隅には、糞尿臭い破れたおしめがためてある。すぐそばの鉄路を走る機関車の赤い石炭がらがちかちかと目を射る夜などは、かすかな笛の音のように晩秋の冷たさが垂れ下がった古筵の隙間から音もなくしのびよる。郷愁。失ったふるさとの痛み。やせひからびた乳房。耳たぶのようにしなびた乳房にしがみつく赤児達の泣き声が薄っぺらな屑板張りの屋根にひびく。

すぐ隣りにはこれも亦家郷を追われて飯を、芋を、あるいはトウモロコシの粉を、……、日々の糧を血まなこに求めて流れる人達。その安っぽい板囲いの土の穴。男も、

女も、その土の穴。異臭。小便壺に浮かぶ腐った魚の頭
——
やがて石油タンクの立ち並びを放射線状に集めて棟々が立ち並び初める。
〈岩国陸軍燃料廠〉
総務部・事務局・電気課・……

静かな海だったが……こうして刈入れもすむと、おかかと息子等とみんなでよく海に貝拾いに行ったが……航空隊が出来て……今度は陸軍の燃料廠だと……飛行機の備品を作る工廠も出来たと……海辺に住んでて海を覗くことも許されねえ……今年は稲架も短くて……稲穂も軽かったが……戦地の長男に何と言おうか……
〈岩国陸軍燃料廠〉
真白い表札が丈の低い石門に引掛かった日、不気味な騒音が電波に乗って流れる。夜、暗闇の中で磁針のように小さな目盛りをまさぐりながら……ピッタリと止まるダイアルの針。一九四一年十二月八日。遠くで鳴っていた雷鳴が突如明瞭な音符をたどる。

……
「天佑を保有し、万世一系の皇祚を……万世一系の皇……万世一系の皇……万……」空しいレコードの筋の違った繰返し。「万世一系の皇祚をふめる……」ああやっと元通りにかえった幻燈機械のからくり。その退屈な詔書の一字一字が読み上げられる度毎に、真白いスクリーンにしぶきを散らして染めてゆく血潮。その脊髄を走る臭い。
もうバッハも要らない。ベートーベンも要らない。
モンペとゲートルと火たたきと
それに防空用の暗幕ばかり……
その日、狂いまわる赤トンボ
その日、狂いまわる赤トンボ
夜、淫売屋はゾルダーテン
風が鳴る。軍艦マーチに追っかけられて、それらを背負

った人々の、何という寒そうな肩ばかり……

三章　別離

遠くから響いてくるティンパニーとシンバルの小きざみな行進曲がやがて軍鋲の音に消されてふかい地核の底に沈んでゆく。もう月さえ墜ちたこの夜半、道をもとめて彷徨する黒い翳もない。ましてちょうちょうと山巓に鑿をひびかせて冷たい風の中に孤影を彫像するものもいない。

嵐のような鉄鋲の規則正しい砂礫をふむ音に、どこからともなくからみつくようにながれてくる雑草の穂絮。すい込まれあるいは音もなく狂い舞いながら、小さな種子を懸命に荒れ果てた瓦礫の上に撤こうとする願い。ふかい地襞の歪みに耐えかねて定着する生命の位置も暗黒の中にうずまってしまい、ただほの白い彗星の尻尾だけが游泳する時刻。

鮮やかな飛行雲を揺曳しては、こわれた幻燈機械のレンズのように人々の生活の焦点をずらしてゆく点。

令状。一枚の紙片。その干からびたインクの匂い。血の色に似たその鮮やかな色彩の幻覚。

万朶の桜か襟の色
花の吉野に嵐吹く
大和男子に生まれなば
散兵線の花と散れ
……散兵線の花と散れ……

「次郎よ――　おまえも征くのか――」
「……」
「俺の次郎よ、おまえも――」
「……」

燃えしきる炎柱の真黒い悔恨を囲んで、父よ、兄よ、そして妹よ、すべての人達がよろめきながら脊髄をきしませ懸命に歩いている不思議な情景のなかに、ああ、再びどこからか響いてくる鉄鋲の穢れた規則正しい不協和音。

決して忘れることの出来ない呪われた掠奪の日の、憎悪を祝福するその青ざめた酒宴の火照り。
濁酒をすすり、あるいは小さな音をたててそそがれる貧しい配給のビールに、五十余年の老齢の瞳は埋まるように深く凹み、きしきしと奥歯をきしませて……、その睫毛のふるえは一体何に耐えようと言うのか。
そのふるえの、そのかすかな瞳のうるみは時折表通りを音をたてて吹き抜ける枯れた蔓草のからからと鳴る冷たい木枯のせいばかりではあるまい。鋪装もこわれた四辻の小さな風の渦巻きに、今宵もすい込まれる一ひらの穂絮。軽やかな一つの種子。その悲しい舞い狂い。

万朶の桜か襟の色
花の吉野に……
「次郎よ。次郎よ。俺の次――」
散兵線の花と散れ
散兵線の花……

つぶやくようにもれてくるやせたおとがいのささやきも、赤い航空標識燈のまたたきにうるんで、時折低くひびいてくる夜間航空の爆音に消されてゆく。
軍鋲の音にまじって風はますます烈しい。

「ヒロシよ。おまえは征くなよ。……徴兵延期だ……どんなところでもええ……徴兵延期のあるところへ行くんだ……」
かくも鮮やかな血の匂いの予感にくろく醜く枯れてゆく一ひら一ひらの花弁。崩れた突堤を洗うように流れてゆく冷たい波浪のうねりにすい込まれて消えて行ったその一ひらの……。あ、また一ひらの……
徴兵延期
徴兵延期
ようやくにして体温を保っている小さな埋火の火照りが、節くれ立った骨太の手の指紋を浮かび出させて、それもやがては白くくずれて灰の中に消える。

白い貝殻の散乱する岸辺に、もはやたった一つの平和な瞳も覗くことを許されず、今日も朽ち傷ついた無数の木片が打ち上げられる。

四章　傷痕

稀薄な気層をとおして今日も三千里の西方から黄塵を巻いてながれてくる春の陽光。にぶい硅石の不澄明な倦怠が疲れた人々の脳髄をくもらせる。もはや昨日から、あるいは四年も以前から、決してうごくことのなかった風。奇妙な気圧配置図。憔悴へのゆるやかな傾斜。無用の毛根をふるわせてしきりと抵抗をこころみるその傾斜へのながれ——

すでに人々は硬化した動脈をながれる真紅の血球をかぞえるのを忘れてしまったのかも知れない。体温のないトルソ。あるいは、その失われた腕と、頭と

響のない響
思考のない思考
生命のない生命

花びら——
散る、無数のいのちと、はなびらと

あぁーあ
並んで通るよ、あんなに
ヒー　フー　ミー　……
特攻隊だ。
ト　ッ　コ　ウ　タ　イ　だ
……ミー　ヨー　イー　……
沖縄へゆくんだね
——

逆風に乗って鈍重な春の思考のなかによろめきながら消えてゆくカーキ色の木製飛行機のその機翼のあざやかな血のいろどり。一ひらの花びらの一人のいのちの……、無数のいのちのしたたりが、一瞬枯れた田の上に短い影をのこして消えていった。昨日。今日。そして明日。
〈特別攻撃隊・神風隊〉〈特別……・万朶隊〉〈……菊水隊〉〈……〉

……

朝・昼・夕・三度の食餌に混ぜられた麻薬に成熟しきらぬ脳髄を失いながら、一週間の日を、明日の日を、形骸と黄塵とに巻かれ……麻薬・麻薬……の奇妙な亢奮と麻酔の連続。失われた理性。

――生命のない生命――

風もない、まして光さえもない、白昼のこの時刻は一体何処の地殻の裏なのか。ただ、定まった間隔をへだてて軽やかにひびいてくるエンジンの音だけが、もはや決して動くこともない文字盤の蛍光針を正確に反射する。この奇妙な磁針の逆転にだれもかれもが自らの脈搏をかぞえるすべも知らず、凹んだ眼窩ににごった白眼をかがやかすばかり……

響きのない響
生命のない生命
花びら　はなびら
……

ヒー　フー　ミー　……九・十・十一……
……

＊

〈公報〉
一ひらの紙片
盲目の虹彩が剝がれるようにずり落ちる緑色の幻覚。戦死――
その日から薄い日の丸の入った門札がくらい藁屋根の翳に白い歯をのぞかせる。〈戦没家族・誉れの家〉

――戦死――
深くしずんだ睫毛をふるわせ真鍮のキセルをひどく囲爐裏のふちにたたきつけただけ。ひびわれた焦茶色のキセルの竹の隙間から真黒い悔恨が凍りついた血液のようににじみ、そのこわれをじーっと見詰めて、ふっと肩で溜息をついたが一滴の涙もこぼさなかった。

白い一本の卒塔婆。一ひらの紙屑のいのち。

〈故・海軍中尉……次郎〉

今日も墨の色あざやかなもくめに薄緑色の影を投げて古い楠の上を太陽はゆっくりとしずんでゆく。

大陸の長男からも、もう一年近く便りがない。

五章　烙印

油照り。八月の

朝のうすい靄がすでにたかく昇った太陽を囲んで金色の翳を露のしいた稲田に投げる。古金のいろに輝くうすい夏の日の投影をゆらめかす風もない。掘りかえされた松根に地肌の荒れた裏の山脈もいまはしろい朝陽のなかにその傷口をさらすばかり。

もう近頃はひろい飛行場の片隅に一ひらの金属の目を刺すような輝きもなく、雑草のようにひび割れてゆく滑走路に小さな砂煙りがあがる日もたえてなくなった。ただいつまでも絶えることのない怒号と帯革のひびきだけ……

ああ今日の、悲しい程肥料切れのした痩せ田の除草も、きびしい土用明けの照りつづけであろうに……

その朝のひととき——

とおく閃めくような尖光の瞬間、と、ひとときの間を置いてにぶい響が地核をゆるがすように響いてくる。手垢に黒く光る除草鍬を握った赫銅の掌にふっとむせかえるような青蛾の翅ばたき——　黄色くよごれた奇妙な液汁の油くさい匂い。

東の地平に無数の、無数の蛾粉のもりあがる白煙。くろく、しろく、銀色に輝いて、るいるいとその鈍重な頭を拡げる、怪奇なくちなしの花に似た部厚い花びらの白雲を斜めにくぐって、刺すような八月六日の陽差しのきびしさ。

——原子雲——

象皮様の胎生動物の血なまぐさい予感が細い糸のように

ながれてくる。

暗い街角を曲って塗料のまだらに剝げ落ちた黒いビルに突当たり、折れるように消えていった不思議な風の跫音が電光のような速度ですべての人達の足下をながれてゆく。


決して絶えることのなかった年月のくらいちぎれ雲のながれが、急に空気の断層にすべり込み、あたらしい恐怖におびえた人々の無数の瞳が黒い涙のなかに沈んでゆく。

不吉な予感の、おそれの、呪いに似たこの朝の幻影は一体どこからやってくるのか。

鍬の柄の冷たさも忘れてうすい角膜を剝がれるように崩れ拡がって行く――原子雲――

その雲の下で黄色な毒汁を喀く青蛾の群れ。

ああ　そのおびただしい蛾粉のねばっこさ。

仄暗い台所の片隅では閃光とともに千切れ飛んだかすかな波長をつかまえてラジオの泣くような細い声。

〈JOFK・JOFK・BKにお願いします。広島放送局は安全に破壊されました。FKの波長をBKに……BKに……〉


やがてあわただしいトラックの騒音が陸軍燃料廠や海軍航空隊の衛門をくぐって東の方に消えてゆく。……怒号に似た喚声と声も聞こえない人々の啜泣の時間までの重苦しい幕間……　その幕間の不気味な期待に、押しひしがれたような目玉ばかり……

やがて幕が開けば……
焼けただれた恥毛の、黒い膿瘍の瞳の、いじけた欲情の群れ。錆びたブリキのような掌に白い性器を握って、奇妙な衣裳をまといながら、一ひらの蚊帳の千切れ布に傷痕をおおい、明日の日を数えることもなく、小さなくちびるに水を求める、群れ。四十粁の道を塵埃にまかれ、はや、まとわりつく蛆蠅の傷口をまさぐる激痛も失い果て、一瞬の閃光にボロのようにすり切れた生命を岩国まで搬んできた、群れ。その一群れ――
ヒロシマ・ヒロシマ
いつまでたっても数えることの出来ないこの無数の悔恨をかこんで、異様な記憶が人々の脳髄にからまる。生きながら腐臭をあげるこれら焼けただれた恥毛の肉体に目

を覆うこともなく……。灼けた瞳ばかりの、呪われた憎
しみの時間の、絶えることのない三角の祈り。
……部厚いくちなしの花に似た原子雲の、決して消える
ことのない記憶……
その原子雲の……

ああ、やがて戦いも終わるであろうに。

カデンツア
——一九四五・八・一五

ちょうちょうと
山巓に鑿をふりつづけたものは誰だ

真黒い気圧の谷底から
星一つ見えない闇空に向かって
決して絶えることのないその響きを
一体、誰が刻みつづけたのか

今日巨大な天体の亀裂から
黒く穢れた老獣の体液がしたたり
うらうらと鳴る肋骨をだいて
無数の蒼ざめた目玉がひかる

それら息絶えた淫欲の獣たち
それら奇妙な道化師共のカタストロフ

二十世紀の葬送行進曲
そのティンパニイを叩くのは誰だ
ちょうちょうと、ちょうちょうと
此の日高らかに鑿をふるうものは誰だ

肩甲骨の黄色くとがった肩に
白っぽい埃をあび
おびただしい傷痕を背負っての
この奇妙な漂白の旅程
一九四五年八月十五日

地表の無い大地の
この無数の怒りに似た傷口の痛み

刻まれた油粘土の
刻まれた白骨の
レイテの
サイパンの
オキナワの
ヒロシマの
白く燐光に輝き
燃え続ける黒土の、灼熱の火照りをあび
黒い淫獣の手に潰された頭骸は
この暗黒の夜を何処へ沈んで行くのか
女に似て皺枯れた声の
脂肪に疲れた録音器の空しい回転
一九四五年八月十五日。真昼時

玉声　玉音

——その

決して癒やすことの出来ない激痛に似た記憶も
おびただしい白骨の悲しみである

それら泥濘の日を超えて
やがて
この日から牢獄の扉も開かれるであろうに

（『岩国組曲』一九五二年文藝旬報社刊）

〈御庄博実詩集〉から

姉よ

一刻のひまもない
今年も痛い程貧しい正月だった、と
わずかな隙に
灰色の氷雨の中を
ようやく療養所の坂を上り
私をなぐさめに来てくれる
姉よ
晦日に来ようと思ったのだが
忙しくて
三日も徹夜をしてね
これが正月の小遣よ、と
すりきれた財布から
五枚の百円紙幣を数え
私の掌に置いてくれる

一月二日の
それでもお目出度う、と
　ヒビ
　アカギレ
　ヤケド
無残にも痛めつけられたあなたの掌
姉よ
新聞では
テンノウと息子との写真が一面を飾り
国境のない羽根つきが
振袖と洋服で交換され
アヴァンゲールとアプレゲールの放談が
附録つき十二頁に飾られても
結婚前の
亀裂だらけのあなたの掌には
ふかい苦しみに澄んだあなたの瞳には
それらはあまりにも穢なすぎる
いくらこすってもしみついて茶色の
荒れすさんだ掌から

この五百円の小遣が
どれだけの重さで僕の心にこたえることか
姉よ
どんなに暗い青春であったのか
旗のない年月が盲のように並び
果てしも知れない雨季ばかりが続いたのだ
姉よ
たった一枚の
売れのこりの　色褪せた
晴着のあなた

雨傘もなく
灰色の氷雨に濡れながら
正月二日の一刻を惜しみ
今——
あなたの痩せた怒り肩が
療養所の坂を下って行く

盲目の秋

一章　肖像

暗黒の点灯、人々は寒そうに歩いた。誰も彼もが何処でこの暗闇が果てるのか予見することも出来ずに唯寒さだけがみんなの脳裏を空っぽにした。雑草のようにからみついて澱んでいるこの空気の中で、灯を漏らすな、一人として灯を漏らすな。

「兄さん生きて帰ってこいよ」

「……うん」

「兄さん死ぬ奴は馬鹿だよ」

「……」

隙間風が脂汗の浮かんだ僕の額を通った。ゴシック風なあなたの顔は今日、古代ギリシャの彫像のように美しかった。

たった一枚の紙が風の中から見付かっただけだと言うのに灯をともすことも許されないで、僕等は蔓草のようにねじれるのだ。もう色彩も忘れてしまった回想を、僕等の盃にそそいで実にその不味い味が世の中で一番美しいものであると無理矢理に信じ込まなければならないのですね。

一体この紙屑はどんな色をしているだろう。何の意味も分からないこの印刷物についてどれだけの謎が含まれると言うのか。確かに何かの滓には違いないのだが――それにしてもこの一グラムの重さはまるで大理石の積石のように重く――何時までも雨が降り続いているので眠ることも出来ないあなたに、血の代償なんどの請求書のように紅い色ですね。

(はは、この紙は運命と言う奴だな。あなたがこの重量を背負ってこの裏側にどうしてももぐり込まなければならないと言うのは。)

それにしても恐ろしく冷たい夜ですね。僕等の体温は一体何処へ消えるのでしょう。あなたの手もまるで死人のようだ。寒暖計の目盛だけが風速を正確に表わしている。

あなたの顔にも僕の肩にもこんなに雨が降りしきって、遠くで鳴っている太鼓だけの不思議な交響曲の主題が紅い暗幕に奇妙なチャップリン鬚の踊りを投影する。


――MEIN　KAMPF――何処かで聞いたような言葉だな。確かにベートーヴェンのものでもワグナーのものでもない。ひょっとしたらよく見かける薬缶頭のものだったか……

そうですね。あの本の中の一頁がめくれてこの紙屑になったのですね。……硝煙臭い血の匂いがしますよ。……嘔吐。嘔吐。血漿と膿瘍の嘔吐がつづく。

風邪を引いた兄さん。そんな紙屑はあなたの右の肺にある空洞に丸めてつめこんでしまいなさいよ。それこそあなたにたった一つ残された夜店の玩具・正直な人形なのに。しかしこんなに寒くては僕等寄りそって歩かなくちゃあ凍えてしまいますね。ごらんこんなに雑草がからみついて、僕等の肉体はこんなによれよれになって。

その上僕等の胃袋にしみるみぞれの何という冷たさ。この血管の中で一体何カロリーの憤怒が燃えることが出来るのでしょうか。とても前向きに歩くことが許されない筈ですね。眼前にはひどく頑丈な建物が錠を下ろしているのだが――ひょっとしたらバスティユの牢獄ですね。

この疲れた黄色い脳髄で、前にも後ろにも進むのは嫌なのだが……あの囚人達の衣服はあまりにもきらびやかなので僕等にはそれが恐ろしい。

そして僕等はどんどん後ろ向きに歩いて、誰も彼もみんな後ろ向きに歩いて、何という奇妙な行進だろう。

断崖の危機！　なあに後ろ向きの奴等に見えるものか。

みんな後ろ向きに歩いてそこでばたばたと落ちて行く。

散華・玉砕・落葉・ひらひら・ひらひら・わくらば・ひらひら。

「兄さん、生きて帰れよ」

「……うん」

「兄さん、死ぬ奴は馬鹿だよ」

「…………」

一瞬、あなたの口はゆがんだが言葉はこんな暗闇で一つも聞こえなかった。みんなが口々に喋っているのに押しつぶされたようなこの静けさだ。

どうしたと言うのだ。この青い酒の味は。そしてこの紋章の入っているタバコの味は。

そうですね。丁度「絶望を嚙む」と言う言葉なんですね。

いくらスイッチをひねっても灯のともらない小さな酒宴で　あなたと　父さんと　僕と　そして姉さんと　今日の天候が雨であったか雪であったかを気にしながら　めいめいの盃に黙って酒をついだ。そしてあなたは一生懸命口を動かしているのに。あの紙屑があなたの言語中枢に引っかかってしまって、それであなたの言葉が僕等にちっとも聞こえないんですね。
あ。また落葉　ひらひら　ひらひら　わくらば　ひらひら
「では兄さん、生きて帰れよ
——auf wieder sehen——
「…………うん。さようなら
——Adieu, Adieu, Adieu, A……——」

二章　火祭

午前三時。まるで北極のような明るさだ。そして人々の行列は熱帯魚のような鮮やかさだ。澄明な真空の中で海藻のようにゆらめいている影、その影にかくれてしまった自分を何時までも見つけることが出来ずに探している

人々。果てしない鬼ごっこ。
何という不協和音だろう。満ちて来る人々のねじれあう音と人間の焼ける匂いばかりだと言うのに、どうして家々がこんなに美しく炎え続けるのだろう。どれだけの色調のスペクトルがこの焰の中で屈折されているのか。僕もそして見知らない異国のおかみさんも、あなたのプリズムに注意しなさい。その光線が海藻の中に含まれているナトリウムの光線であることを間違えないように。そしてそれが死んで行ったあなたの夫や息子の悲しい瞳の色だったことも忘れないように。

街はこんなにも明るいのにどうして人々はこんなに盲目なのでしょう。一枚の紙と生命を交換した息子達や夫達の憎悪に炎えた瞳を覗くことが出来るので、眼玉ばかりが恐怖にふるえているのですね。まだ影ばかりの人間が踊り走りながらしきりに天空に十字を切っているが、握っているのは焼け爛れた白い性器ばかり。みんな影ばかりのこの不思議な踊りの群れ。

それにしても僕の影は一体何処へ行ったのだろう。先刻までいた下宿の引き出しにあった一通の手紙はちゃんと僕のポケットにあるのに、一体僕は何処にいるのか？爆音ばかり時間を正確にかぞえているのに、どうして僕の時計は見失われたのだろう。
こんなにも明るい夜なのに、どうして兄さんの顔が見えないのでしょう。

黄海の底であなたも果てしない鬼ごっこ

何もかもみんなこの爆音の下で焼けているのに、どうして人々は自分の髪の毛を毟っているのでしょう。――そして自分のものだけでも足らずに……今焼け死んだばかりだと言う赤い胎児の髪の毛まで……
強心剤の奇妙な興奮ももはやあなたのいじけた食慾を満たすことは出来ない。先刻まで搏っていた肉親達の脈がなくなると言うことは、こんなにも苦しいことなのですね。

その燃え続ける下宿の窓から出て来た疲れたオランダ人のような齢老いた人よ。あなたもその薄い髪の毛を一本一本抜きながらつぶやく。

「俺の一番目の次郎、二番目の次郎、三番目の次郎、四番目の……」ああ、そんなに僕の兄さんの名前を呼ぶのは誰ですか。見知らぬ私の父よ。あなたも影ばかりの人間になってしまって……。その上、このたった一通の封筒をどうして緑色だと言うのです。こんなにも澄明な「戦死の公報」を！


何日になったら終わるのでしょう。あなたと私の奇妙な鬼ごっこ。こんなにも重い落葉の堆積の中で、一体どれだけの過失がめくり返されると言うのだろう。

わたしの薄い皮膚を一枚一枚剝がしてどこまでも剝がして、最後の秘密を暴露したとしてもこの過失は帰って来はしない。


こんな奇妙な踊りの中で、あなただけは寒く海藻の中にこごえているのですね。兄よ。自分が何処にいるかも分からずに……。そして一通の封筒が誰も知らない僕のポケットの底にあってそれがとても重く僕は歩けないんです。

もう僕はこんなに呪われた鬼ごっこに疲れてしまって。

あなたがもう還って来ないので、父はとっくの昔に色盲になってしまったんです。

散ってくるわくらばの中で、僕は何時のまにかハイド氏になって。夜がこんなにも明るいので、僕はもう眠れやしないんです。

三章　原子の歌

千の眼
万の眼
瞳孔のない眼
眼。
みんなうち抜かれた空洞
塩っからい生理を忘れた眼
その奥から腐った膿汁ばかりたらして

すえ臭い胎児の
千の眼
万の眼

遠くからおびやかすようにファゴットの低音が長く尾を引いて脳髄の奥を底迷する。その瞬間。閃光が地球をつつむ。

瞳のない女が夢のように立ち上がろうとする。軍需省・経済課・総務部の看板だけが白く光って女の肩には不思議な生物が歯を立てた。

「真知子」　激痛はそこからだけしかやってこない。女はゆっくりと立ち上がろうとする。せり上がって来るのは遠い夕暮れの交響曲そしてその不協和音。不思議な白い光線も深い記憶の中に薄れて、朝だと言うのにこの時刻には夕暮れの色が濃い。

凝縮された記憶の断片。そこには秒瞬間の不思議な閃光だけが暗黒の中の火花のように痛い。

何処からか影のように起き上がる瞳

閃光と同時に
早や錯乱しか許されなかった
千の眼
万の眼
ぞろぞろと何処までも続く
焼けただれた性器
ウラニウムの原子が焼きつけた
折れ曲った鉄骨のサビ
その中で
激痛のうめきにもだえる
千の眼
万の眼

真知子の眼はどこにある。

僕は超える。茶色の亀裂だらけの鋪道に、鉄の平行曲線は錯乱する。この季節には地殻さえもゆるんでしまうと言うのに、僕の足は地表へつくや否やとび上がるのだ。

何というらだたしい時間。

僕は走る。

もはや狂気と錯乱以外の何者でもないこの地表に時間だけが僕等の運命に最も正確なグラフを刻む。

ああ
「真知子」死す！

姉よ！　この奇妙な天候の下で一体どれだけの渇きを僕は訴えなければならないのか。それも一体誰に？　一体誰にか。

真知子死す。真知子死す。この地核の亀裂に僕は激しく倒れる。遠い雷音がおどろおどろと風の中に響いて来る。いつ甦るとも知れない枯れた蔓草にからまって僕はすばやくかくれる。これ以上の強風に何物も耐え切れず、樹樹は叫喚をあげてねじれ合うのだ。遠い地平に沈んで行くゆがんだ街。片脚の折れた鉄橋。竜骨に折れ曲る黒い神経繊維。その尖端にぶら下がった眼。

真黒に疼いている地球の傷痕にニョッキリとのぞく折れた骨の白さが、黒くこがれた屍体の歯列にも似て、黄色く灼けた憎しみばかりが灰になって、僕の肩に無限の重量でのしかかる。その白さは真知子の歯の白さだ。

雷鳴が遠くに去って、僕は濡れた不思議な情景の中に立ちつくす。

その日サイレンが力のないクシャミのように戦いの終わりをつげて。夕暮れ、ボロのように疲れた背景の中から齢老いた父が額縁の無い兄の喪章をぶら下げて帰って来る。

うず潮

ガソリンと錆に真黒に汚れたボロ切れにくるまって、これも破れた戸板に四、五人の油臭い男が腐った魚を搬ぶようにもち込んで来た裏長屋のそれでも戸板だけはようやく通れる狭い路地のドブ板を踏んで、これが死人かとまるで花嫁でも見るつもりでわいわい騒ぎながら覗き込み、土色に変わった父の顔を見てゲッと悲鳴をあげた母の顔色をおぼえている。ちょっとした貧血だったが、毎日を大根の切れ端と麦飯に暮れて、油に汚れすり切れた歯車やスプリングの間で、コンニャクのように疲れて帰って来る歩くことも忘れたような父の足音の、戸板が搬ばれて来たドブ板にコトリコトリと響いたのをおぼえている。駅の裏に石炭ガラを拾いに行き時々日傭に出て父よりも遅く帰り毎日明方近くまで名物センベイの弓なりにそり返った箱を一〇〇箱五銭で張りそれでも今日は七〇箱出来たと、艶の無い髪をかき上げて折れるようにまがった腰を伸ばすポキポキと鳴る音を、目覚めも近い寒いフトンの中で聞いた。張り通したセンベイ箱のように身体を弓なりにそらし、穴のあいた所には馬糞紙のはってある目のすり切れた畳のすえ臭いつぎはぎだらけのフトンの上で、歯ぎしりしながら激痛に泣いて死んでいった母の瞼を、そっと開いてみたら真白に吊り上がっていた。焦点も合わずに瘋癲のように、瞳孔を開き白い帷衣を着せる父の手が、そっと隠そうとする蒼白な屍体のふくらはぎに、破傷風菌の侵入した一筋の傷が細く引かれていた。八人の子供をかかえた父が冬の寒さに凍りついてゆくように日毎に小さくしなびて、暮れもせまった或る夜、まだ温もりのある寝床から居なくなりみんなで探しようやく裏山に一本の細帯をにぎって子供の呼び声に思い止まっているのを見つけ、枯木のように突立っている父に飛びついた時のハダシの足の冷たさをおぼえている。朝暗いうちから火吹竹をもちしもやけた手で米を磨ぎ学校へ行く子供にはベントウを作ってやり、みんなを起こしてうすい味噌汁を吸い、小さい子供には昼飯の用意をしておいてやり、勤めに行ってはいくらかでも多くの金をもらおうと夜遅く破れ障子のように疲れて帰る。日露戦争の傷で冷たいときには痛むという少し跛の足音を、いつも寝床の中で聞いたのをおぼえている。長男と次男を専門学校にやり三男を大学にまでゆかせ、女の子もみんな女学校にゆかせてだれかれの見境なくただ子供を自慢するだけが喜びだった父の瞼が日毎に深くたれていった。戦争が始まったときも日露戦争の傷を思い出して子供のように首を横に振ったが、何一言もいわず長男と次男が赤い紙を受け取ったときにはただ出陣の宴の盛んなることをだけ願い、それでも一言「生きて帰れよ」と言った言葉が、六十になった十五年のヤモメ暮らしのせい一杯の叫びであったのに、またたく間に二通の公報が舞い込んだときには涙も忘れて火鉢の側に崩れるようにしゃがみ込み、力の無い喘息にせき込んだ折れるようにしなびた首をおぼえている。八月六日の原子爆弾が夢のように地球を吹き飛ばしたとき嫁にも行かず力になってくれた長女を失い、まだ焼け跡の火照りにカッカッと焼ける煉瓦の中を髪の毛でも落ちていはしないかと、三日も四日も白痴のように立ち尽して飯も食べるのを忘れて真暗になってから帰って来、まるで牢獄へでも入るようにこっそりと焼け跡の壕舎へ消えていった後姿をおぼえている。それでも二女三女とみんな自分の手で金を貯え嫁入道具をととのえて三十過ぎてからかたづいて行ったときにはこんな父親では恥ずかしいだろうと結婚の席にも顔を出さず一人淋しく台所で酒を飲んで、娘のために心底から喜んでいた。大学をあと一年で卒業するという最後のたよりに思っていた三男が血を喀いたという電報を受け取ったときは世の中のからくりのひどい矛盾には気がつかず一滴一滴の血のしたたるような送金が足らずに学資の半分をかせいでいた息子が可愛そうに無理をしたのだろうと、顔中をくしゃくしゃにして睫毛をふるわせたが矢張り涙は一滴もこぼさなかった。七年前に買い一度七輪の上におとして焼け穴のあいている戦闘帽をそのままかぶり七十を超えていくさの傷にしびれる脚でペダルを踏みコンニャクを配って回る疲れた身体が自転車で転んでひどく血を流したが、痛い、という言葉は一言も言わず傷口にボロを巻きまたコンニャクを配って歩く、首に巻いた朽ちたようなボロ布にこびりつくようににじんでいた血の痕をおぼえている。

風の中の夜に

――十二月某夜

きみのながい放浪の道程にそって、ある夜小さな灯が、ふっとうるんだきみの眼球の角膜をながれてとまる。ぽつぽつとまばらな電燈の暗い街角の片隅にそって、いくつかの黒い影が波止場の方に消えていった。

いまだかつて一度も見知らぬ、異郷に似たふるさとに立って、きみとぼくと、寒く肩を合わせたが、体温はそこからだけあたたかくぼくの血脈にながれ込んだ。このうつくしい未知の一夜は、部厚い日記の鞣皮の扉表紙を、かつての泥濘の底ふかくしずめて、あたらしい風の中に白い花びらを咲かせるであろう。


どこからか聞こえてくる吹奏楽器ばかりのハンガリヤ狂詩曲第二番。ぼくたちにとって決して未知のものでないこの幅広い協和音が、迷い込んだ霧の夜の風ばかりの波止場を引きかえして、暗い通りを右に折れ、その袋小路からようやくにして抜け出し、はげしい波の音の身近にきこえる街筋を歩き疲れたきみとぼくとに、どれ程のなつかしさであったか。

おしつつむように匂ってくる海の匂いに身体をふるわせながら、ぼくらは小さな灯をそっとぼくらのこころの奥底にしまい込んだ。暗天をささえて枯枝を仰ぐようにさしのべている冬木立の間から降るようにまたたく星屑の冷たさにも耐えて、これだけは決して失うことのないよろこびの確信に身をふるわせながら……


ともしび。

ともしび。

ながい半生の泥濘をこえて、輝かな歴史の断面につながる愛の告白について、よろめくように歩んだぼくときみとの黒い瞳に花びらのようにとまる。ともしび。

あたらしいぼくらの日記と、美しい協和音とに、風の中の夜のはげしいねがいを燃えたたせよう。

瞳のある風景

無数の飛行機虫であった。

おびただしい数の飛行機虫であった。

その日、わたくしの身体は逃れようもなく部厚い鉄の壁に締め切られたそそけ立つ穢れた空気の中で虜われていたが、わたくしの瞳はその薄暗い地下の牢獄を超えて遠く愛する人達の頭上をかけめぐるのだった。地表には昨日から雨がまだこやみなく降りつづいているのであろうか、薄い筵を敷いただけの監房も妙にしめっぽくその為にわたくしの意識は氷づけの魚の目玉のように疲れていった。

そして、それら或いは夢であったろうか——

おびただしい数の飛行機虫であった。緑金の翅を輝かせ醜悪な触角をふるわせながら、私の心象の中を瘋癲のように舞い狂うこの飛行機虫は……

確かにこの虫達は鎖のあるこの部屋に、薄く穢れた鉄格子の縞目模様の影を二〇ワットの電燈で照らしている。その二重にはめ込まれた鉄格子の間をすり抜けて飛び込んでくるものに違いない。その影を大きくゆらめかせ次から次へと飛び立って来る飛行機虫。そして音もなくわたくしの脊髄に引っかかってはするどい刃物に切られるように緑金の翅を折られてははたはたとたおれて行く飛行機虫。

更に不思議なことに冷たい地底にたおれ堕ちて行った虫達は、再び甦って何処へともなく暗い部厚い鉄の部屋の片隅に消えて行くのだった。

このこやみなく降りつづいている雨の中の監房を、飛び狂っている無数の飛行機虫の異様な風景の中で、わたくしの瞳はドキドキと刃物のように輝いていた。ああ、戦死した兄の瞳も、齢老いた父の瞳も、或いは見知らぬ人達の瞳も、これら無数の瞳がドキドキと刃物のように輝いていた——

夜明けも近い牢獄での、この鮮やかなわたくしの心象の風景は、或いはわたくしの夢であったのだろうか——

黒潮の歌

真黒い海の彼方からろうろうと渡ってくる風の音に明日の天候を読み、数十年のくるいのない正確さに漁舟の仕度をする、鉄のように真赫にやけた腕に網を組み、網を引き、しわぶきをあげて舞う魚群に血をわかし、銀鱗の輝きに赤銅の身体を投げ込む、朝夕のうず潮に力を燃やしそのよろこびに六十年の生涯を数えてきた。ときに低気圧が八〇〇ミリバールを指し、烈風が波堤を超えて茅屋にしわぶき、或いは、不連続線が経緯を縫って東南に消えることはあったが、絶えて漁区に旗の色褪せることのなかった黒潮ではあった。明日の天候の正確さに魚群の匂いをかぎ当て、櫂を鳴らし舷をたたく、躍動する地軸の響きを、音を立てて流れる舟板に耐えて、網を引くその手応えに、今日の漁の幸をかぞえる、よろこびとおそれをただ生きるいのちと覚えてきた。——はる。なつ。あき。ふゆ。海の色の変転に季節を感じ、水の冷たさに季節を浴び、遠い満潮線に白く洗われる破船の陰に干魚の匂いを親しみ、塩をやき、粟を喰い、麦を無上の食とした。六十年の生涯の無量の重みをこの痩軀に堪えてきた。そしてこれからも堪えてゆく、いのちと願う黒潮のごうごうたる流れが幾千の生命を呑み、幾万の血を洗い、幾億の歴史を流れて、いずこより、何処へ消ゆるのか知らぬ。ただ風波に闘い、激浪にいどんで生涯のよろこびとする、貧しければ木葉舟を唯一の杖として歴日を数え、きびしい日日の営みに老軀を忘れ、ろうろうと鳴る天空に明日の日のやすらかなることをのみ願い、このやすらかさを崩すを憎み、このやすらかさを守るをたたえることをのみおぼえてきた。夕、馥郁とかおる麦粥の匂いに今日の日の晴れてありしことを喜び、遠い黒潮のとどろきに明日の日の網を組み、櫂をためる。真黒い海に映えて燃え上がる夕陽の紅に、又、今日も、明日の天候を読む。

齢

小さな肩をすぼめるようにして入ってくる。うすい褐色にしみつき黒ずんだ開襟シャツの破れ目から、あなたの茶褐色の皮膚だけはそれでも太陽のように輝いている。

岡山の闇市、壁土を塗りかえたばかりの朝鮮料理店の、白いのれんが入って来たあなたの背後でゆらゆらとゆれながら、あなたは齢老いた朝鮮服の老婆を見つけて、口も開かずに微笑む。その一日の疲れの、皮膚の皺々に塵埃のしみ込み、ほこりにまみれたあなたの口もとに浮かぶにこやかな歪みが、六十を過ぎてもう背も曲ろうとするあなたの唯一のよろこびなのだ。

睫毛にも白いもののまざっている深い瞳で一椀のマッカリを飲む、その、前にかがみ込んだ肩の細さよ。うすい一枚の肩甲骨がその上につみ重ねて来たもっこの、セメント袋の材木の重さのゆえに——更にあるときには、血に染まった日帝の銃床の重さのゆえに、又あなたの肩は今日まで一人のいのちと、その妻のいのちと、三人の子供のいのちとを支えて来た痛みのゆえにゆがんだのだ。

戸外ではもう夕暮れの十月の陽が人々の影を斜に差し、角のパチンコ屋では安っぽい蓄音器が酔っぱらいの歌をがなりたてる。

喧噪と雑踏の闇市のラッシュ。

しかもあなたは、その噪音に追いたてられる。もう生き尽くしたあなたの生涯を今まで一日の休みもなく追い立てて来た生活の痛みが、背の曲り、白い睫毛の深い影を頬骨に刻む老齢まで、あなたの黒い汗のしみ、つぎの当った開襟シャツの破れ目から、昨日も今日も、そして明日も、ぼれうぼれうと音を立てて追い立てるのであろうか。

ちらりと他の客を盗み見しながら濁り酒をのむ。

そばかすだらけの朝鮮服の老婆とだけ声もない言葉を交しただけで、あとは背広服の派手なネクタイを締めた官吏風の、卑わいな話し声の後姿をちらちらと盗み見しながら、ああ、あなたは三人の若い官吏の脂肪ぶとりした体臭に自分の居所をうばわれたように目をふせる。

あるいは、二、三日前に塗りかえたばかりの、かつて荒壁だった濁酒屋の四壁の新しさが、あなたの汗くさいポロシャツを追いたてるのであろうか。

マッカリにうつる自分の瞳をのぞこうともしないで、何者かをおびえるように見回しながら、そそくさと飲み終えて逃げるように去っていった、日露戦争にも征ったことがあると言うあなた。

ああ一体――
あなたの祖国は、この日本の何処にあるのか。

十字架
――禁じられた遊びに

一本　たてる
又一本　たてる
更に一本　たてる
枯枝を折って　たてる
釘を十字の板切れに打って　たてる
盗んできて　たてる
小わきにかかえこんで来て　たてる
手押車につんで来て　たてる
トラックに満載して来て　たてる
列車に一杯にして　たてる
飛行機で搬んで来て　たてる
何千機　何万機で　たてる
コンクリートでまとめて　たてる
近代科学の粋で　たてる

一九四五年八月六日　早朝
一閃
人類の頭上に
ウラニウムの閃光がきらめいた

胃袋

毎日
胃袋を覗く
せせっこましい暗室の中で
白い鈎形の影の
臍から何寸下がっているから

あなたの胃袋は病気だと
前後　左右に
おしつけ　こすりあげる

黄変米をこなし
雑魚《マグロ》をくらい
MSA小麦を喰いつくした
白い影が
目の前でゆれる

何十年かを生き抜いた
君の胃が
飲み
くらい
こなしつづけたものが
どれだけ
君の肉であり
君の知恵であったか

君の胃は
何十年
日本の政治の
排泄物をくらいつづけて来た

そして
胃は
むくみ　ただれ
あげくの果ては
このほじくれた激痛の
悔恨に似た穴だ

世の中の
巨大な胃袋のなかで
僕は
どろどろに溶かされながら
白い鈎形の影を追いつめる

石油産業基地Ⅰ

銀色の油送管が
無数の曲線を描き
寒風にふるえながら
一〇、〇〇〇キロリットル
二〇六号タンクの影に消える

四二・二〇〇屯
MOSKING号
四隻のタグボートにかしずかれ
巨大な妊婦は
かすかな叫び声をあげながら
第一《メイン》桟橋に横たわる
――水島――

地底何千フィート
ふきあげる原油は
アラブ三千万の血か?

オイル・タンクの向こう、はるかに
クエート・カフジ
土着民の裸足
太陽と砂丘の影が見える

石油産業基地Ⅱ

朝　葦原のなかを
散歩していると
小さな巻貝をけとばした

カギを開くかすかな金属音がひびくと
みるみる巻貝はふくれあがり
黄色い臭いを残して消えた
ふりかえってびっくり
機械人間《テツジン》が
奇怪な城をきずいている

動きまわる
銀色のパイプがアメーバーの触角だ
ふれれば　はらわたまでくさる
一目散に　逃げろ！

さようなら　麦畑さん
さようなら　小川さん　フナさん
さようなら　菜の花さん　ネギ坊主さん
…………

息が切れて
黄色いビニール靴を投げとばすと
近くで
出帆をつげるドラが鳴った
機械人間《テッジン》が　口笛を吹いたのだ

目の前を
労働者を満載した　専用バスが
燃焼 塔《フレアースタッグ》の光のなかに
消えていった

見わたせばすでに
鋼線に張りめぐらされて
出口はない

石油産業基地III

遠くで
ドラが鳴ると
黄色い通用門は閉まった
「立入禁止」

スイッチをおろすと
海底浚渫船《ドレージャー》が
カリカリと俺の背骨をかじるんだ
　無数の魚達の
無数の嗤い

寒い！
気がつくと
いつのまにか
砂山のなか
着ていた銀色の鱗もない
渫いあげられた
巻貝が三つ　四つ
干上がった腹を見せている
二、〇〇〇、〇〇〇平方メートル
C地区埋立地　MIZUSHIMA
自動分溜装置《アイソマックス》が
黄色い硫黄の粉を撒くと
たちまち
七色のイルミネーションが拡がった

幾年かののちに　出来上がった筈の
コントロール・タワーの指令室
幾万のコールサインランプの点滅のなかで
俺は
かすかな眩暈にひたされる

いまはただ
茫漠たる砂丘
けずりとられた
俺の肋骨が一本
夏の残光に照らされている。

石油産業基地IV

黄色い粒子が
空一杯に拡がると
海は　暗い

もやのなかから
巨大な船体が
白い腹を出して

突進してくる　危い！

俺は
あわてて波のなかに沈んだ

〈一〇八号タンク応答せよ〉
ダイアルを回すと
カチカチと小さな断続音のあと
みどりいろのテープが
無数のサインパンチで刻まれる
R・C・二四五
ボタンを押せ
はるかな基地の
六万トン原油タンクのパイプが開く

テープを×××に噛ませると
猛烈なスピードで
水銀柱が降下をはじめた
マイナス　四十五度

突然
黄色い匂いを残して
テープは消えた

波のうちからのぞくと
燃焼塔《フレアースタッグ》だけが
分裂し　融合し
無数にきらめきながら輝いている
吐き出す
亜硫酸ガスの黄色い粒子が
俺の角膜にもつもってくる
いつのまにか
同化作用にとけてしまい
俺ははや姿もない
みどりの血球だけが
油の波にゆられている

ふるさと

ふるさとの秋を
風が搬んでくる

ひゃくねん
せんねん
人間のいとなみは
ふるさとの土に　うもれる
今日
街並は彩色に燃え
遠くから　祭ばやしの太鼓がきこえる

きみは
ヒロシマの夕映えの美しさをいい
あなたは
腕のひきつれが秋の夜に痛むという
そして　僕は
あの日の記憶をはてしなくたぐる

生きることの
喜びと
生きることの
哀しみを
ひゃくねん
せんねん
人間のいのち尽きるまで
僕らは語りつづけたい

ヒロシマの川辺で

頁をめくると
海から　風が吹いてきた
青い水底で
少年は　ビー玉をひろう
陽光《ひ》にかざせば
遠くに　エッフェル塔が見え

テームズ河が　流れる

風のなかにもぐり込むと
子供らの合唱《うた》がきこえる
リトル・ボーイ
ボタンを押せば
金色の陽光《ひ》のなか
一瞬　合唱《うた》は消え
街は炎と燃え
人々は　透明になる

川底に光る　ビー玉のなか
いつまでも十六歳の
僕の兄さん
聞こえますか
緑の風にのって
海の向こうから　愛の合唱《うた》
コバルト色の空と屋根　白い鳩
新しい　いのちの夏

注　リトル・ボーイ＝広島に投下された原子爆弾の呼称

（『御庄博実詩集』一九八七年思潮社刊）

〈御庄博実第二詩集〉から

I

私は鳩 I
――花又は春

舞いあがれば　花
陽に目覚め　陽に燃える
川岸にひろがる　春
少年達は　毬を蹴り
少女達は　蝶と舞う
風が吹くと
花々は　金色の歓声をあげる

舞いあがれば　花
陽にうたい　陽に舞う

幾十百の碑をうずめ
浅緑にそまるなか
平和の母子像を過ぎ
元安橋をわたれば
燃えつづける
ヒロシマの炎
そのかげろうのなか
花々は　うたい
花々は　舞う

舞いあがれば　花
陽に沈み　陽に哭く
さかのぼれば　長寿園
堰堤を桜並木がいろどり
第五師団　第二部隊
雪どけの太田川　罵声とぶなか
凍えながらの架橋訓練
いま　堰堤の芝生には
陸軍病院の碑が

黙って立っている

舞いあがれば　花
風に散り　風に舞う
らんまんの花々
川面をうずめ
万々の声をあげ
大地をおおう
一ひらの花弁は
火に灼かれた一人のいのちか
幾十百の碑面に　ふりつもり
無言の声をあげている
私は　春を舞い
春暁　空に哭く

私は鳩II
――炎又は夏

舞いあがれば　炎
私はもう幾日も眠れやあしないんです。

幾十年の暦日をさかのぼり、未明の碑前に、影もなく現われ、影もなく消えるあなたを、わたしはいつまで待ちつづけるのでしょうか。

八月六日が嫌なのです。

まるで夢のなかの時間としか思えないのです。

沈黙と絶叫と、悔恨と悲嘆と、虚礼と混乱と、炎と水と、街は喧噪にまみれていて、この日、私はいつもあなたを見失ってしまうのです。

あの日のように、そして私は果てしなくあなたの影を追って、幾十年か、いまもこうして幾百たび、無銘の碑の前に立つのです。

あの、八月六日の炎のなかのように。

舞いあがれば　炎

いつも夏、私の腸はふと音のない暗黒の風洞に落ち込むのです。絶対温度零度という途方もない冷たさのなかで、私の腸はちりりちりりと凍るのです。

あの日、劫火のなかで、脊髄を凍らせて意識さえ消し去ってしまう苦痛に、万々のいのちが声にならない声をあげ、八月の陽に照らされながらふるえ凍った時間を、また私も耐えなければならないのです。

いつも夏。

この暗黒の、風洞のなか——

私の記憶は、いつのまにかあの劫火に灼かれ、黒こげて、天を支える、男女も見分けられぬ屍臭の群のなかへ、凍えふるえながら、果てもない冷たさのなかへ落ち込むのです。

舞いあがれば　炎
今日私はもう飛べなくなってしまいました。幾日も、暗い小さな部屋で、凍えた汗を流しながら、私は自分の羽毛をむしりつづけたのです。

ひとひらの羽毛を抜くたびに、きりきりと悔恨と悲嘆の痛みを圧し殺しながら、私は、あなたの消えたあの日に、一歩一歩近づくのです。

もう許して下さい。

これ以上の苦痛に、私はもう耐えられないのです。

私は、あまりにもあなたに近づきすぎました。影もなく現われ、影もなく消えてゆく、あなたに。

舞いあがれば　炎
八時十五分のダイ・イン。

祈りの時間だと、人はいうが、炎はいま川面にあの日の劫火をうつし、緑に染った原爆ドームは、再び、息絶えた人々に埋る。

街は、喧噪に満ちるが、八月六日の、この炎は、どうしてこんなに冷たいのでしょうか。扉を開いて、この凍る冷たさを消したいのです。

そのために私は、果てしない天空に向かって、いっさんに飛翔するのです。

私は鳩III

——川又は秋

舞いあがれば　川
潮先が流れをさかのぼる　あさ
魚達が銀鱗をきらめかせて
薄明にはねるとき
本川　天満川
波は　ヒロシマ　ヒロシマ　と囁きながら
ええ　聞こえるでしょう
テームズの声が
マンハッタン島の夢が
そしてはるかに
ドニエプルのエコーが拡がるのが

舞いあがれば　川
岸を洗う波々に陽がくだけ
街は　無数の歓声にうずまり
人々は喧噪のなかに　消える

太田川　元安川
旧産業奨励館
——原爆ドームは
四十年前の傷口を　じりじりと拡げているという
ああ　その傷のいたみが
ボンの　パリの　東京の良心をきしませ
沖縄で基地を囲む人の環となり
太平洋　ムルロア環礁
ポリネシアの心をうずかせる

舞いあがれば　川
夕映えが川面に
赤い風紋を描くとき
人は橋をわたり　家路をいそぐ
京橋川　猿猴川
透明な流れは
どこまでつづくのか
黄海をこえて
ベトナム　メコン河へか

黒潮を　遠く
フィリピン沖　レイテの海か
ああ　遠くに聞こえる
ちち　ははの声は　誰のもの

舞いあがれば　川
デルタに　ひろがる
ヒロシマの　六本の流れを
あさ　ひる　夕
一日一日が過ぎ
年が改まる
——幾星霜——
そして　今日も
私は　陽に向かって飛ぶ
私は　風となって舞う

私は鳩IV
——雪又は冬

舞いあがれば　雪
四十三年前、私は黒髪のあなたを尋ねて廃墟の瓦礫のうえに立った。見はるかす焼土の、黒こげた死体をのぞき込みながら、或いはまた腐臭ただようくずれたコンクリートの床で、白い名札をめくりながら、いまにもよみがえるかと死者の半ば開いた口を、時間のたつのも忘れて見入っていた。

二日後、あなたは幽鬼のように、蒼ざめ、半身を黒く血に凝らせながら帰ってきたという。

その日、すでに私は遠い街に旅立っていた。

私はここも殆ど焼土となっていた見知らぬ街角で、飢えながら、ふるえながら、冬を迎えた。

私は駅で、西から帰ってくる帰還兵のために、凍った路上で、板切れを燃しつづけていた。

舞いあがれば　雪

いくとせかののち、私はあなたがまだ生きているという知らせをきいた。私はその頃、傷つき、血を喀き、死を希いながら山際の療養所で自縛の日々を送っていた。見舞に来て、「もう結婚されたんョ」とつぶやくように話してくれた姉も、いくさの日々、ふた誕生をむかえたばかりの女の子を結核性髄膜炎で喪い、もう五年も便りのない夫の帰還を待ちわびているのだった。

私は森のなかで、窓を開け放ち、幾枚かの軍用の毛布を白いシーツでつつみ、そのなかで蓑虫のように寒さに耐えていた。枕には粉雪がふりかかり、私の呼吸は、よごれれた襟布に白く凍りついた。

舞いあがれば　雪

ふるさとを更に遠く離れて、私は迷路のような人生を歩みつづけていた。時に真暗な部屋のなかで、ほのかな蛍火のあかりだけを追いながら、また時に、こうこうとした無影燈のもとで、血と膿との臭いにむせびながら、そして夜、ネオンの灯の下で、しびれるほどの琉球泡盛を飲みながら…。

そんな日、あなたが逝った、という便りを姉からもらった。粉雪が風に舞いながら、音をたてて路地を吹き抜ける冷たい夜であった。私はぬけがらのように歩きつづけた。永い時間がたったのであろうか。風はいつの間にか止んで、逆立てていた私の胸毛はまるいふくらみとなって、やさしく私をつつんでくれた。

私は風よけの軒下をかりてうずくまっていた。

舞いあがれば　雪

あの日からいくたびの冬が過ぎたのであろうか。その年の冬を迎えることのできなかった死者を、ヒロシマは直爆死十五万というが、その数もさだかでないという。

今日、腕のひきつれと、胸にささったガラスの破片がうずくという少し跛行のあなたのゆっくりとした足おとを追って行くと、音もなく碑のなかへ消えていった。幾日か前も、雪の降る夕、あなたの足おとはその碑のなかへ入っていった。

どうしても後ろ姿しか見えないあなたの、消えた足おとのまえで、私は雪に埋れながらいつまでも待ちつづける。

いつのまにか、私は降りしきる雪になる。

海は燃え

ふるさとの岸辺へ立つと　岩間に
巻貝や小魚達のささやきが聞える
遠くの海で
昨日　不思議な光景がひろがった
海が　白光に燃え
島が　忽然と消えたという

地底千幾百メートル
巨大なエネルギーが
海を押し上げ
僕らの仲間たち　幾億万年かの
サンゴ礁の地殻を破り
太古　海からのいのちの創生を消し去った

テームズ河はロンドンの街の灯に映え
セーヌ河は遊覧船の歓声にわき
東京はジングルベルの喧噪につつまれるが
ぼくの海辺では
既に空骸となった二枚貝が
カタカタと　声をあげている

遥か幾千キロを離れた　南溟の
地底での巨大な閃光が
いま　黒い紋様をひろげ
徐々に僕の足裏に悪寒を伝えてくる

マリン・スノー

僕は深い海の底
果てしなく降ってくるものは
白い輝き　炎のきらめき
幾千メートルか　僕は知らぬが

ここは暗黒の　絶対温度零度の
幾十万年かの堆積の
幾千気圧かの圧縮の
その中での恐ろしいまでの静ひつ
僕は五十幾年
身じろぎもしないでここにいる

南太平洋　ソロモン海域
南回帰線の近づくあたり
僕は暗黒の海に沈みながら
轟音と共に巨大な水柱をみた
それから五十年
この果てしもない堆積のなかで
ほんの一瞬といえば一瞬だが
僕の齢の二倍をこえる年数をかぞえている
海の果てるまで
僕は安逸の眠りを守りたいと思う

大きく開いた僕の眼窩
白く晒された僕の骨
既にばらばらに散ってはいるが
集まれ　といえばいつでも集まれる
暗闇のなかでの　僕の骨だ

この安逸の堆積のうえに
いつの頃からか
白く輝くもの　炎にきらめくもの
氷のように冷たいくせに
僕の白い骨を焼きつくす
マリン・スノーが降ってくる
プルトニウム二三九　セシウム一三七
ビキニ環礁の海の青さが
白く泡立って燃えたときから
いつまでも降りつづいてくる
恐ろしく冷たくて
ふれるものを焼きつくす

僕はもう眠れやあしないんです

轟音と共に沈んでいった僚友たち
見開いている幾百千の眼窩のなかへ
果てしなく降りつづいてくる
白く輝くもの　炎のきらめくもの
ああ　もう誰も眠れやあしないんです

変貌する河辺で僕は

いつの日であったか
楠の老木の影に
僕は陽をさけてたたずむ
茜色に染った空に
一閃
金色の光が僕の瞳を灼き
その日から　僕の視野に
楠の木はもういない

いま生れたばかりの
僕の小さな抜殻
あなたの掌に　そっと乗って
河面を流れる
夕映えの輝きに
ふわり　ふわりと　温かい

ヒトはいつ誕生し　いつ育ったのか
橋の上で人々の喧噪が聞え
水面に彩色のネオンが映る
僕の灼かれた網膜は
楠の老木だけしか記憶していない
ほろほろと剝がれて落ちる木肌
僕は幾百年の前に
ヒロシマの河辺に漂着したのか

いま僕は
淡い紅色になり
小さな産声をあげる
透明な羊水のなかで

漂いつづける思考
霧の海のなか
人は幾千年の暦日を数えたのか

変貌する川辺で
人は彩色された哀歓をめぐる
僕もまた　数えきれない
螺旋階段をのぼってゆき
数えきれない脱皮をくりかえし
果てしない夏をめぐる

組詩「ヒロシマ」

I　猿猴橋

街に灯がともり
夕餉の煙が立ちはじめる
満潮の河岸から
猿猴がそろりとあがってくる
家路を急ぐ足音をあやしく聞き分け
雄の猿猴は　若い女のあそこをねらい
雌の猿猴は　若い男の睾丸を抜くという

少年は　欄干の
桃をとりあっている猿猴をなでながら
金つり一本で
満潮の川に飛び込む
鳶色に日焼けした少女たちも
歓声をあげながら
川面でのボール盗り

廣島の夏は
七つの川に彩られていた

……学徒出陣……
猿猴の出るという川の
声のとどく廣島駅で
僕は学友のH君　S君　……
いくたりを　幟をたて　旗を振り
寮歌とバンザイのなかで　戦場に送ったか
H君　M君は遂に帰らず
白布に包まれた　空の木箱に
君の両親や　僕らが
どれだけ無念の涙を耐えたことか

五十年前
猿猴橋に　血と漿液をしたたらせながら
無惨の被爆者たちが
よろめき　つまずき　這いながら
ただれ　燃え　溶ける街から
東へ　北へと逃れていった
君も　K君も　Tさんも
廣島は一瞬にして消えたのだ

川は青く満々の潮をたたえて
岸の桜並木を映しているが
いま　橋桁に猿猴の姿はない
手あかに光っていた猿猴よ
お前も　五十年前のあの日
焼けただれて　自らの橋を渡って
どこへ消えていったのか
ネオンの灯の映える川底から
もう一度　そろりと甦って
若い男女の秘処をねらわないか

II　縮景園

一万余坪の広い庭園は

中国の西湖を模したという
浅野家　十四代
泉邸とも呼ばれた別邸は
廣島城から指呼の間にある

池の堰口の翠緑は深く
川は渦を巻き
底には猿猴が住むという
縮景園の淵に近よるな
猿猴は少年の肝をとるという
猿猴はこわい

もう文系学生の徴兵延期は廃止されていた
紅葉の泉邸を素足の下駄履きで散策する
吉田さんは明後日　松江連隊に入隊せねばならん
五寮生最後の逍遥である
〈鯉城の夕べ　錦繡の
影清流に　映るとき
偲ぶや故郷の　秋の月*

…………〉
あの日　逃げるときは泉邸へと
梁の下から引き出した父の
足の骨が見える傷を　手近な布でしばり
隣の娘さんと先に行かせた
そのおばさんを　ご主人と助け出したときは
もう火のなかであった
劫火をくぐり抜けて　泉邸へついたが
父はいない

襤褸の負傷者のあふれる泉邸の　北の堰口から
飛び込め　という
降ってくる火のついた木ぎれに
水の中でつかまって
対岸にたどり着いた

ヨシコがもう更年期になりました
いま二人だけです

ぽつりと漏らしたあなた
作業所の給料日が楽しみで
その日はわたしにご馳走してくれます
給料は五千円のときも八千円のときもあります
ご馳走と言っても　ラーメンか何かです
その笑顔のために生きてます

原爆小頭症のむすめヨシコさん
僕はヨシコさんを診察している
あなたは僕と二人で
原爆の語り部となる
泉邸で会えなかった父を探して
あなたは果てしなく
火のふる縮景園　京橋川の洲にもどる

＊旧制広島高校「寮歌」

Ⅳ　元安橋

橋を渡ると　そこは西の繁華街・新天地
橋の上手の喫茶店「ブラジル」
菱形格子の飾り窓の
黄色い灯りの影から
濃いコーヒーの香りがただよってくる

街の中島本町には
カーキ色の軍服がカッカッと靴鋲を鳴らし
紺サージの女学生や
ゲートルのずり落ちそうな少年たち
釣り竿を持った短ズボンの子供が
軍服の傍をすり抜け路地から河岸に降りる

わずかに残る　自由とロマン
やっと手に入れた『若きエルテルの悩み』など小脇に抱え
今日もN先生の「倫理の講義」は代返したのか

リルケの詩と　ダンテの夢と　明日への希望と
果てしない論議をつづける学生たち

つるやの角を曲がって　左手に高千穂館
「パリー祭」「ペペル・モコ」「希望音楽会」
……ミラボー橋の下をセーヌ川が流れる……
だれかがアポリネールを朗読する
僕は今日　S君を訪ねねばならん
ドイツ語の格変化
S君は　もう三日　学校を休んでいる

橋は真新しい御影石となり
両岸の積石にも昔の面影はない
わずかに花崗岩の橋柱はあの日の劫火に焼かれたまま
深い亀裂の走る　角の欠けた橋柱にそっと手をふれる
半世紀を隔てて春
橋上に佇むと
元安川はマリンブルーの満潮に魚がはねる
若い男女のボートが
花びらの川面に遊んでいる

目を閉じれば満々の川面を埋めて
男女も見分けられぬ屍体の浮遊
潮に引かれて南へ下り
満ち潮に乗って三篠橋まで遡行し
橋桁に引っかかり
石組みに阻まれて
黒こげの　蛙腹の　手足の骨の見える
目も　鼻もない顔が
「水ヲクダサイ……」
「　水　ヲ　ク　ダ　サ　イ　」
という声が聞こえる

全国からの動員学徒が
六千余人　被爆死したという
碑の前で
僕は　いま　川の流れを聞いている
橋をわたれば

大正呉服店の向かいにあった
喫茶店「ブラジル」の黄色い灯
濃いコーヒーの幻影を想っている
学徒動員の碑に
刻んである学校の名を　僕の指が
泣きながら　なぞっている

VI　消えた福島橋

君は　橋がないという
君は　ここは川だったという
ゴロ石の土手をのぼると
漠々の葦原
土ぼこりのそぎ屋根小屋が並んでいた
君は　ここが橋だったという
君は　五十年前の橋がなくなったという
そうだ　もうここには川がない

駅前に立って　その日
僕はどちらを向いていたのか
ぼうぼうに見はるかす焦土の
すぐ手の届くところに似島の影がある
一望の広島

あの朴訥な　むきだしの鉄骨の
電車だけの已斐の鉄橋を辿り
波打ったレールを飛びこえ　なぞって
僕はあなたを探しに行く
横転し　車輪をかえした車体
路上で　身もだえのままの黒こげた屍体
あちこちでのうすい煙は
枕木のように積み上げられた死者を焼く煙
その異臭さえ僕は感ぜず
ただひたすらにあなたを探していた
探しつかれた夕暮れの川岸で
ウッ　ウッ　と声を発していた青年は

いまどこに眠っているか
裸の君の胸は何かに刺されて破れ
肋骨の動きに　ウヴッ　ウヴッ　と血泡が吹き出してい
　た
そのなかから　一匹の金蠅が出てきた
翅を一振り　血泡をとばし足をこすり合わせて
また　血泡と一緒に君の肺に吸い込まれて消えた

瀕死の青年の胸を破って出てきた金色の魔性
僕はそのとき何かを見たのだが
……しびれたぼくの脳髄は
金蠅とともに血泡の暗黒のなかに消えたのだ
山手川沿いの岸辺の
漠礫の叢は今はない
その八月の夕暮れ
川に水が流れていたか　いなかったか
僕はその日　その時から盲目となった

君は　橋がないという
君は　ここが川だったという
いまはもうその橋はない
あの胸から血泡を吹き
また金蠅を吸い込んだ青年と一緒に
この地図のうえから消えたのだ

いま　五十年
駅前に立って　僕はどちらを向いているのか
キング・コングの巨大なネオンが
パチンコ玉と行進曲をはやし立てている
二筋の川は消え
新しく作られた
満々の太田川放水路
その川底に
君の過去は閉じこめられ
あの日の青年のいのちも塗り込められ
僕はひとり岸辺で
漂白の記憶に嘔吐する

Ⅹ　似島

一本の石柱がある
何も刻まれていない石柱である
広いグランドの片隅　道を隔てて
崩れた桟橋を白い波が洗っている
旧似島陸軍検疫所の門柱である
日清戦争の最中
四十日間　夜を日に継いで作られた検疫所
帝国陸軍の大陸侵略の野望とともに膨らみつづけた

真珠湾の奇襲成功と
宣戦布告が勇壮に伝えられるなかで
日露戦争でうけた
いまも痛むという足の傷をさすりながら
……この戦争は負けるのう……と
つぶやいた亡父の肩は細かった
長男と次男を戦場にとられ
……ヒロシよ、お前だけは戦争に行くなよ……と

次男の戦死の公報を手に
肩をふるわせていた亡父は
杖をついてか　担架に乗せられてか
この桟橋を渡ったであろう

いま僕の目の前を
幾万々かの
戦場の亡霊が上陸してくる
凡ての日本軍帰還兵がこの検疫所をとおり
父もここから陸軍病院に送られた
ロシア兵捕虜一万七千余名
第一次大戦では　七〇七名のドイツ人捕虜も
ここをとおり各地の収容所に送られた

百年　大陸へ
幾万かのつわものを運んだ宇品桟橋は
その日　はてしない襤褸の負傷者を
軍用舟艇で似島検疫所へと搬んだ
病院は無惨な被爆者であふれ

収容　一万余人
五千人分の医薬品は四日間で底をつき
海水を薄めてリンゲル液に替えた
いくたりが家族に会え
いくたりが逃れ転出し得たか
二十日間での死者の数は不明
焼ききれない屍体を
避難壕に埋め
馬匹焼却場で焼いたという
二十日後　解散のとき
生き残っていた被爆者は五百名であった

波堤に立てば
黒く崩れている検疫所桟橋の
紺碧の波の底から
あの日のうめき声が聞こえてくる
昨日　被爆者のMさんの肺癌の切除がすんだ
僕は二千名の被爆者のカルテをもう一度繰り直さなければならん

僕らは　ヒロシマに涙せねばならん
似島は　はるかなアジアに哭さねばならん
ヒロシマは　世界のために歔泣せねばならん

僕は　いま
白い一本の石柱の向こう
紺碧の海をへだてて
巨大なキノコ雲を見つめている

終章

原爆慰霊碑の前にいる
幾千年かの地下を象る
埴輪型の安息の碑
二〇二一一八人　広島の死者の過去帳がある
いまも年々　五千人の合祀が加えつづけられている

その時あなたは七歳の童女

暁部隊でもらった父の遺骨を胸に
漠々のヒロシマを逃れて
母とともにふるさとへ帰った

趙英点（チョヨンジョン）
六十歳のいま　広島にきて
「被爆者手帳」をはじめてもらった　と
碑前に跪き
亡父を祈るチョゴリに
緑の風がながれる
慶尚南道　陜川邑の
五十三年の被爆者としての歳月が
あなたの髪を白く染めている

燃えつづけている鎮魂の炎に
万々の人の祈りがある
父の名は　西本三郎
本名　チョヨンド（趙鏞道）は
果たして祀られているか？

「死没者名簿」にその人の名はありません　と
若い職員はカードを繰っていう
祀られていない原爆死者
チョヨンドは
合祀の申告をせねばならん

被爆二世の白血病死
八歳で死んだ史樹君も
合祀の申告をせねばならん
被爆三世の奇形の多発
と　その流早産死も
合祀の申告をせねばならん
ネバダの砂礫
セミパラチンスクの草原
ビキニ環礁の青い海
合祀の申告をせねばならん

宇宙船　地球号
いつ　合祀の申告をせねばならんのか

II

大応寺池

――少年期Ⅰ

天神様の森をぬけると
春の陽光のなか
大応寺の　男池が
満々の水をたたえている

桜堤は　浅黄に萌え
山は　淡墨色にかすむ
やわらかい芝草
愛のなかの記憶をたぐりよせ
少年時代を踏みしめながら
野茅を分けて　奥に入ると
女池は
いっぱいの姫蒲である

金色の野鳥が
空へ　視界を裂いて消えると
僕は突然　妖精になる
一匹の純白の　蝶が
僕の掌に　花の蜜を置く
僕はこはく色の一滴となって
果てしなく透明になる
遠くに母の声がする

母さん　僕の見知らぬ人
僕にはあなたの顔が見えない
七歳のとき　五歳の妹を残して逝った母さん
僕は　あなたの影だけを追って
ふるさとの
この沼の淵に来たのでしょうか
遠くに聞えるのは

ひよのさえずりと　銀色の涙
白い一匹の蝶と　チビた下駄

声だけの母さんと　少年倶楽部
すりきれたズボンの　ポケットに夢

僕は果てしなく透明になり
僕は果てしなく湖底に沈む

城山

――少年期II

山肌のせまった　川岸を
自転車で走る
かし　くぬぎ　けやき　やぶつばき
名も知らぬ樹間に
蔓草がからみ
枯葉が　乾いた音をたてる
走りすぎると
三かかえもある
檜の古木の洞穴《ウロ》から
重い翅音をたてて
むささびが　飛んだ

春のしじまから
瀬音がきこえる
父が逝って
もう四十年が経つ
錦帯橋の下流
鮎を　籠で伏せ
手づかみにしていた　という
自慢話を
僕は　つい昨日
火鉢で
餅をあぶりながら聞いたばかり
花々の向うに
城山の　樹々が黒い

山頂から
故郷を俯瞰すると

銀色の錦川が
右へ　蛇行しながら
今津川　門前川へ分れる
散りしいた
やぶつばきの花は
三百年　城山の血か

僕は　踏み迷い
山腹のそば路で
突然　小さな洞門に会う
身をかがめて　岩穴をくぐると
両の掌に乗るほどの
一匹の　青銅の馬がいる
　何処からか
　馬のいななきが　聞えてくる
瞬時にして　樹海は消え
僕は　みるみる侏儒になり
青銅の馬にまたがる

馬は　地をすべり
透明な
花の隧道のなか
川岸を抜け
天空を馳け
花を撒き　花に埋れる
　遠くで
　始業の鐘が　鳴る

蝶

――少年期III

一昨日〝秋ちゃん〟とビワ泥棒をした。大枝をつたい、小枝をたぐりよせ、やっと黄金に熟れたビワに手がとどいたとき「泥棒！　足をへし折るド」と大喝されて、落ちるように枝から滑り、息をきらして天神山の洞に逃げ込んだ。

〝秋ちゃん〟は、数年前、血を喀いてもういない。

「福屋の角でのう、振られたんョ」と〝秋ちゃん〟はいう。

A子さんと約束をし、ひょっとして振られたらと、B子さんと約束をし、それも心配でC子さんとも約束をしたという。

結局、三人ともこんじゃったんョ、きれいに振られたんョ、と。

僕は〝秋ちゃん〟の頬をピタピタと叩いて大わらい。

その〝秋ちゃん〟はもういない。


昨日、二歳上の兄と喧嘩をした。あげくの果て、押え込まれて、顔の上から唾をたらされ、泣きながら、兄貴の金玉を蹴りあげて、チビた下駄をつっかけて飛び出した。

兄は、戦争の終る冬、南支那海に消えた。

あなたの座ったお膳の場所を、父はいつまでも埋めさせなかった。

やせ、枯れた手で、「のりちゃんがのう……」と果てしなくあなたの座っていたうすべりのあとをなぞっていた。

　　僕はいま　書斎で闇の音を聞いている
　　僕は果てしなく記憶をまさぐり
　　僕は果てしなく錯そうする時間を遡る

僕は天神山の洞のなかで、子猫のように目ばかり光らせる。入口から「ビワ泥棒」と大喝された声は〝秋ちゃん〟の、お父の声だ。

僕は忽ち地虫になり、カビた土をまさぐりながら奥へ奥へと這いずってゆく。洞のなかはほの暖かく、僕の触角はその暖かさのなかでゆっくりと動かなくなり、僕はそのまま夢になる。

遠くに海鳴りの音がきこえ、南海に沈んだ、兄の体温が伝わってくる。

数えきれない時間が過ぎ、僕の隧道は突然途切れ、僕の皮殻はキリキリと音をたてて割れる。僕は金色の陽にさらされ、一瞬にして飛翔し、目くらむばかりの蝶になる。

僕の書斎は万々の蝶の飛翔に満たされる
あふれる鱗粉のなかで
遠くに　僕を呼んでいるのは　誰?

旅立ち
――青年期Ⅰ

白島、工兵橋。君の書斎の窓から見上げる楠の老木は五月の風に吹かれて、さやさやと鳴っていた。僕の少年期からの脱皮。ベートーベンの「運命」と、シューベルトの「冬の旅」、君と夜を徹した日々。窓の外では、軍靴の単調な音が果てしなくつづいていた。

学徒動員という。学窓を離れて僕らは下松市、T鋼板の熱圧職場へと駆り出された。一二〇〇度、黄色く灼けた厚鋼を、巨大な鉄のロールで圧延する。厚鋼を灼く炉も、一度火を落せば定温稼働まで数日かかる。その時間が惜しいと一年三六五日休むことはない。戦地ではいまでも同胞が撃たれているのだと、塩をなめ、特配の大豆飯をたべ、三交替・連続夜勤、ドイツ語の格変化と、倫理の思考を停止した夜・夜・夜であった。

広島の学寮で「人は考える葦である」と語り明かした日々、蛹が殻を抜ける時間は、そのまま凍結したのであろうか。

昨日、一人がまた消えたという。韓国からの強制連行の青年たち。春からすでに十数人が消え、もう四半分はいなくなった、と労務がいう。黄色に灼けた厚鋼を、金挺一本であやつる炎熱職場。「戦争」という言葉に僕らの脳髄は呪縛され、僕らの瞳は灼かれる。

学徒出陣。

一週間前、ボート部のS・A氏を送ったのに、今日、寮友のH・Yに召集令。

脱出した韓国青年はどこへ行ったか。


一九四五年八月六日。

白島、工兵橋。

細い一本の吊り橋がどうなったか。

二日あと、るいるいの死体をまたいで訪ねたとき、楠の老木だけは屹然と立っていた。

君の書斎はその日、幾十人かが血膿にまみれ、一口の水を含んではまたどこかへ去っていったという。

もう君は岡山の学舎に帰っていた。

僕は、遠くに人を焼く煙が、幾条か立ちのぼるのを眺めながら、ひとり君の書斎で「運命」を聴いた。

僕の少年時代への葬送曲であったろう。

僕はその日
果てしない迷路へ旅立った

航路
――青年期II

僕の胸奥にある小さな空洞から
昨日　戦死した兄が訪ねてきた
僕はひとり　書斎のなかで
セピア色の記憶をめくる
遠くで　海鳴りがきこえてくる

僕はいま　素朴さのなかにいる
はるかに遠い　青年のある日
あなたは　幾度か
海軍少尉の白い軍装で
南の海から　還ってきた
そして　黙ったまま　また征った
その日　僕の胸は
いつも血を喀いた

いく年かが過ぎ

半島でははげしい戦いが続いていた
航空標識燈の　空に凍るまたたき
僕のふるさととは
GIと夜の女の嬌声のなかにあった
街は　硝煙と喧噪にまみれていたが
僕は　僕の胸の小さな空洞のなかで
ひとり　陰暗と向きあっていた
——はるかに　潮ざいの音がきこえる——

僕はいま　戦死した兄を想っている
あなたの眠る　フィリピン沖
はるかな太古の流れのなかで
海は空に浮んでいるか
潮が流れる
空に　あなたの航路が白い

識ることについて〈関根弘に捧げる〉

——青年期III

あなたの書斎からの
階段は　いくつにも　途切れていた
はるかに遠くにある
汐の匂い　クレーンの音
酢いバーナーの炎
あなたはいつも　そこからやってくる
黒い溶接メガネの奥に
沈む　瞳

「東大に灯をつけろ」
「ニューヨークでは霧をシャベルで搬んでる」
僕は見知らぬ街角で
あなたの声に呪縛され
その声のままに　プラタナスの並木通りを曲り
溶接の匂いのする小路をすり抜けて
あなたの小さな書斎に入る

焼酎と玉ねぎ一コと
破れた詩稿が
僕らの　晩さんであった
「第七天国」というフランス映画があった
プチパンに　玉ネギのサンドウィッチ
たったそれだけの
主人公の樹蔭での昼食
僕らは　いつの間にかパリの街角にいた

僕は　遠いふるさとを語り
あなたは　行ってみたことのない海の事件を
果てしなく喋りつづける
僕らは二人で　波間に浮び
毒のある　汚れた海でもがいていた
その夜は　雨もまた
毒に汚されていた

僕は交錯する陸橋で　方向を失い
果てしない時間のあとで
ふるさとへ帰る日を見つけた
その日あなたは
八階の病室の窓を破ってとび降りた
その飛躍が　何であったか
「ほっ　物置きの屋根を破って
いのちだけ助かったョ」
肩をすくめるあなたに
二人で泳いだ
遠い海の　汐の匂いがした

あなたは　僕を識らないという
僕も　あなたを識らないと思う
人は遂に
自分以外には
誰も識ることはないのであろうか

春想

黙っていてください
桜樹のまえで
ふくらんでくる蕾の
花芯のつぶやきがきこえるでしょう

目を閉じてください
暗夜の天空に
星たちの輝きが
いま　あなたの満身にふりかかる

眠ったままでいいのです
乳色のいのちが
僕の胸うちをながれる
はるかな　母さんの子守うた

日照りの雨　狐の嫁入り
少年の日に
虹の橋をわたって
隣り村へ嫁った　ユキちゃん

秋　水中に消えて
蛤になったという
燕は　まだ目覚めないのか
春はもう　掌のうえに乗っているのに

いのちのうた

薄明に輝く　星々の
つぶやきを　きいたことがありますか
少年達が
歓声をあげて　走り去ると
山の樹々が
一せいに　唱うのです
まるで歓喜の　合唱のように

葉さきにひかる　朝露の
つぶらな瞳を　のぞいたことがありますか
少女達の
赤いスカーフに　風がゆれると
旭陽が
黄金の矢を　降りそそぐのです
天空にかける　虹の橋のように

くさむらに　もぐり込む
黄金虫からの
便りを　読んだことがありますか
落葉を
焼く匂いが　ながれてくると
ふるさとの　祭太鼓がきこえてくる
遠いむかしの
母さんの　子守うた

ほら　耳をすませてごらん
ほつれ毛にささやく
そよ風が
小川のせせらぎと
すこやかな　いのちの祈りとを
歌っているのを

セピア色の夜

裏木戸を開ける音がして
戦死した兄が
大震災から　帰ってきた
友人と二人で　広縁のある部屋にいる
僕は　兄を目覚めさせないように
そっと　庭から
静かに雨戸を閉じる
戸外はもう暗い　冬の夜

とっくに死んだ筈の老父も
——僕はもう　その老父よりも長生きをしすぎている——

母屋でタバコをくゆらしているが
その顔が　どうしても僕には見えない
——顔のない　僕の父さん——

風邪を引いたという　兄さん
僕の机の上には
あなたの残した〝蛍雪時代〟があり
僕はとっくに　老人手帳をもらっているのに
あなたは海軍少尉の軍装のままで
フランス語の辞書を引いている

遠く離れた首都で
あなたがよく訪れたという廃園の
赤い椿の花びらが散ると
僕の肺の空洞が　小さな声をあげ
後姿の　あなたが消えた
——あの　遠い日——
僕の掌のグラスの
冷たいブランデーの奥で

大震災の救援から帰ってきたばかりだ　と
あなたにそっくりの
声だけ聞こえる長男の齢も
もうとっくに
戦死したあなたの齢をこえている

五十年まえ
あなたが好きだったという赤い花が
僕の庭にも散りこぼれて
歳月は　永い迷路のようでした
机の上の　セピア色の写真のまえで
たった一人の夜を
僕は果てしなくまさぐっている

土井ヶ浜幻想

――鵜を抱く女

I

海沿いに走る列車が、あるともない駅に止って、僕らはその駅前の坂道を下る。桜並木が暑い初夏の陽射しを遮ってつづいていた。

道はやがて曲がりなりに海を離れて山に入り、緑の樹液が、濃く僕らを息切らせていた。

細く暗い山道が途切れたところで、黒ずんだ藁ぶき家のゆがんだ濡れ縁は、もう白く晒されて朽ちようとしていた。戦さのつづいた日日祖母が一人で茅屋を守っていたという。

十幾年を過した大陸から追われるように帰って来て、その山肌に住みつくことなしにあなたはその祖母を残したまま山道を下っていった。

再び幾年かが過ぎて、その日、僕は海沿いの細い山道を緑に濡れながらあなたの過去にたどりついた。


古いつるべ井戸を覗くと、陽のとどかぬ水底に、黒い魚影がひるがえって消えた。幾十年かを苔むした石組みのなかで伝承されつづけてきたいのちであったろうか。

ここがふるさとだったのだ、と、いまは枯れ細っている祖母と、ふるさとの祭りの夜の、おそい山道の帰りの闇の濃さを、うすい裸電球の下で語ってくれた。


ああ、この小道を山手に入ると、確か右手にこぶしの古木があって、その傍らの狭い路地を曲がりながら少しのぼるの。枝折り戸を押してそこがいとこのターちゃんのところなの。

海辺へはこちらの道が近かったの。この石道を走って降りて、転びながら海へ入ったの。

砂を掘ると骨がある、と聞いていたの。

晒されて白く細長い流木を、投げては拾い、拾っては投げて、潮の流れを聞きながらいつまでも遊んでいたの。

晒されて白く細い管は、或は砂底からの骨だったのでしょうか。

いつの間にかわたしはひとりぼっち。

もう夕陽が響灘に沈み、最後の残光を波にきらめかせながら、角島の黒い影が手にとどく程に大きく迫って、わたしは伝説の巫女のように意味のない呪文をとなえていたの。

迫ってくる夕闇のなか、黒い潮風から、呪文がひとりぼっちのわたしを守ってくれていたの。

わたしは目を閉じたまま、泣きながら坂を上っていったの。

II

僕らはふるさとを遠く離れ、首都での喧噪にまみれた歳月を過ごしていた。

六〇年安保の最中に、首都をゆるがせたスクラムの声を聞きながら生まれた長男も、いまは二児の親となっている。

そうしてまた幾年かの歳月がながれた。

いま僕らは四十幾年を経て、再びさびれた無人駅の桜並木をくだってゆき、せまい山道をたどっている。

僕らは原始の緑の樹液に染まりながら、はてしなく歳月をさかのぼっている。

遠い響灘の海鳴りを聞きながら、いつからか僕は弥生の裸足の麻衣のひとりとなっている。

われらは懸命に櫓を漕いでいる
風に向かい　風に流され
潮に逆らい　潮目を縫い
漕ぐ手をかざせば
波濤はるかに幻の国があるという

先刻また
海鵜が啼きながら東へ消えた
これまでも　鵜の影に導かれ
その影を追ってきた
種もみを積み
土を耕す手だてを頼りとして
行く果ての地に　幻をもとめて

われらいま　遠くに海鳴りをきいている
われらいま　白い海砂の浜に集って来た
われらいま　ようやく実りの季を迎えている
われらいま　白衣で神を踊るあなたを守っている
あなたの白い頬を燃え上る炎が染めている
あなたの胸に一羽の鵜が抱かれている
はるかな幻の国に　われらを導いてくれた鳥よ

III

僕はいま毛利元就博という幟のひるがえっている都市の、騒然のなかにいる。僕はひとり夕暮れの書斎で、ら行からはじまる海を、原稿にうつしている。書斎の窓を斜に切って走るモノレールが、夕映えの空に金色の残光を反射して消える。窓にうつる幾千人のなかに、この国の二千年の血が伝えてきた、いくたりかの「鵜を抱く女」と、それを守るいくたりかの「勇者」がいるのであろうか。

西の空の　茜色に染まった雲が
風を巻いて流れている
はるかに波濤をこえてきた
果てしない南の国から
北斗に輝く北へ流れる潮のように
いま　わたしの血管を脈うって流れるもの
いのちの海鳴りが聞こえてくる
鵜の啼声が聞こえてくる

鵜を抱いて神を踊るあなたの白い影
裸足の麻衣の男たちの
炎を囲む輪が　あなたと共に踊っている
指呼の沖にある壁島の
鵜のふんに塗り込められて
夕映えに虹色に輝く島影が
あなたの舞姿に重なる

いま土井ヶ浜の磯に立ち
幾千里かの西のふるさとを見つめている
幾千年か　幾万年か

数えきれぬ祖族の祈りが
響灘の黒い海鳴りとなって
僕の足もとにひびいてくる

（『御庄博実第二詩集』一九九九年思潮社刊）

〈未刊詩集〉から

白い花

僕の書斎の扇風機
もうとっくに三十年を過ぎている
首を振りながら　カタ　カタ…　と
僕の背中に語りかけてくる
締切間際の　丸めて捨てられた原稿用紙
散らばっている　小さなメモ用紙
刻む時間を数えている

昨夜も書斎で
豊満に葉を茂らせている夏つばきにかこまれて
それが沙羅双樹であることを教えてくれた
白血病で逝ったUさんの想い出を
めくりつづけながら酔いつぶれた
目覚めると　机のそばで

嘴の透明な鳥が僕を起こしていた
鷺か
彩色の青みがかった翼は
僕の青春のしなやかさに似て
鋭い嘴は
僕のペン先より固い

僕は完全に呪縛されていたが
鷺は
小さな拘置所の窓から
占領目的阻害行為処罪令という
抗弁不能の僕の詩に
「君は逃れられないヨ」と
一言を残して天窓に消えた

遠くに過ぎた記憶
駅裏の泡盛の夜々
ふるさとをはなれて
都の喧噪に明け暮れた歳月

僕は幾十年かを遡り
占領下でのふるさとの記憶のなかに沈む
カタ　カタ…　と
僕の背に語りかける単調な音に
いつの間にか僕は異邦人になり
見知らぬ海を超え
見知らぬ深い森に佇んでいる
沙羅双樹の深い森か
夢か
……
花々が白い

迷い蛇
——ふるさとⅢ

昨夕　寝室の扉の下に
黒い一本の紐があった

するすると消えたその影に
一瞬目を疑ったが
若い蛇がどこを迷ったか入って来たのだ
蛇につられて僕は寝室を出て
廊下づたいに書斎に入る
蛇は書架の地袋のすき間へもぐる
少年の僕が一杯つまっている古雑誌

半開きの地袋の奥に天神様の石垣が見える
石段を登ると　くぬぎ　樫　やまもも
呼吸せききって幾百度ここを登ったか
古木の葉の侏儒のささやき
竹やぶの一隅で息をひそめ
とりもちで目白を捕ったこと
山ももの実の甘酸っぱさ

石垣のすき間に
孵ったばかりの赤ちゃんの蛇
「オーイ　孵っとるど」

声に目覚めさせられて穴の奥で
うねり　ぬめり　からみ合う　細いひも
白蛇が半分か
白と緑金の細い紐が十数匹
からみ合っている一隅は
僕らだけが知っている空間であった

今津川の用水ぞい
製糸小屋の天井にいた大きな青大将
蛹をねらって縄張りをひろげたのであろう
悲鳴をあげた姉は　僕の母代りであった
僕は青大将を追い出し　追いつめる
鴨居の下をくぐり抜けて裏庭へ
少年の僕もこわい　が見失いたくない
僕もぬめりながら叢に入る

くぬぎ　樫　やぶつばき
広くはない境内の　梅の実はまだ小さい
僕は細い一筋の白蛇となって

仲間のぬめりの温さのなかで眠りたいと思う
少年の日の青大将はどこへ消えたか
書斎の地袋の古いノートの隙間で
今宵も
永い夢を見つづけているのか

室積

拾ってきた舟型の石に手をのせると
静かな波の音がきこえてくる
室積・御手洗湾は
瀬戸内の静かな午後であった
峨嵋山麓の岸辺近く
普賢寺の境内に　平康頼が流される途中
ここで剃髪したという碑がある
〈ついにかくそむきはてける世間を
〈とく捨てざりしことぞくやしき
誰もいない渚に降りて　齢老いた姉の幻影をみる

懸命な息づかいのなかで
呼んでいるのは六十余年の過去なのか

ふるさとを遠くはなれた都で
もう八十歳になる
病に伏しているという姉の報せも
遠くつづく渚の果ての　波間に沈んでいる
僕の足もとを洗う岸辺に
肌色の美しい巻貝は
いつからいなくなったのか
今日も少女たちの白い歓声があがる校庭で
姉は短い青春の夢をもったのであろう
山口県立女子師範学校　昭和十二年入学
いま山口大学付属中学校
記憶の底で　僕は
室積という港町の旧い街並をたどっている
姉のうた三首（昭和六十二年秋）
嬉々として児らが喰みにし色くろき雑穀パンの香懐しき

悲しみに耐えつつ学ぶ原爆の孤児と向いて切なかりけり
落魄の姿かなしも泰山木の花ひそやかに崩れ散りゆく

象がその鼻で港を抱くようにかかえた
象鼻が岬の渚から
拾ってきた舟型の石
手をふれると静かな波の音がきこえてくる
もう歩くこともままならぬという
姉の　幾十年かを遡った
娘時代の白い歓声がきこえてくる

昭和逝くはやひと巡り瀬戸の海

メキシコ幻遊

序　キトからの便りについて

遠いエクアドルの空から
小さな便りがきた
キトという街での
イマゲスという山のふもとの広場で
笛を吹く老人の横顔が
やさしさを便りのなかから送ってくる

太平洋をこえて
はるかな国の小さな街角での
ささやかなしあわせが
どれだけ満ち足りたものであるのか
サンダルで歩いているというきみの
地球の裏側での足音が
さくさくと聞えてくる

五千メートルの山なみに囲まれ
夜は眼下に雲がおりるという
絵のなかの少女の瞳は
不思議に澄んでいて
今日　僕の書斎の灯をともしてくれた

人は誰でもが　豊穣でなければならない
エクアドルのキトで
笛を吹く老人も
広島の少女も
澄んだ瞳に
希望という灯をともしているか

そして僕は
今宵の　書斎の窓を閉じよう

Ｉ　パタゴニアの君へ

極南の街　プエルトナタレスへの船から
アンデスの氷河の南太平洋にくずれ落ちる音に目覚め
海と　山と　空と　月と　紺青の世界から
夜明けのセルリアンブルーと　瑠璃の波　黄金の矢の乱
　舞に
夢幻をさまよったという君が
マジェラン海峡をこえて
南の果ての国
パタゴニアを放浪しているという

僕の便りを今日　ブエノスアイレスの大使館でうけとり
被爆者Ｏさんの死を初めて知った
「早すぎるなあ　はやすぎるなあ……」と
はげしく泣いたという君の
小さな字画のびっちりつまったページが
僕の心をつまらせる

君達が二人　僕の書斎で
僕に教えてくれたパソコン通信
いまやっと電子メールを
何処にいるとも知れない君達に何通か送ったが
回線の接続がなく　受信機は
キトから　とっくに母のもとに送りかえしたという
君達がいる間にメキシコに行くよ　と
盃をあげながら送った冬の夜の　酔いの一言

亡び去った文明をだれも語るものもなく
亡び去った栄光を果てしなく伝えている
民族の滅亡をなぞりながら
謎の遺跡を裸足のサンダルで歩いている君達と
メキシコで会おうと思う

テオティワカンの太陽の神殿にのぼり
月の広場から　死者の道を歩いて
ピラミッドに飾られていた戦士の石像を訪ね
カリブ海での海水浴を楽しみたい　という
君の便りの小さな字画に
僕は明日の夢を見よう

日本では　昨日
沖縄の軍事基地反対の投票があった
君がはげしく泣いたという
亡くなった被爆者のOさんも
春　沖縄の「ひめゆりの塔」で肩をふるわせて
毒入りのミルクを傷病兵に配ったという
アブラチガマの少女の話に
「涙がこぼれて……」と声をつまらせていた

スペインの侵略が
インディヘナの神々を破壊し
信仰も　土地も　自由も　女も　奪いつくして五〇〇年
いまメスティソの人々は
熱心にミサに参加し　ひざまずき涙していると
インディヘナの少女達が
陰で君達を指しながら
東洋人《チナ》　チナ　という侮蔑の視線のなかを
マニヤーナ（明日になれば）　マニヤーナ　と歩いているのか

文明とは何か？　という君の
小さな字にこめられたいきどおりに
僕は何も答えることが出来ないが
君達のそのサンダルの一歩ずつの記憶を
下血してがんで死んだ被爆者のOさんの

沖縄での涙に重ねながら
亡び去った栄光と
焼けつくされた都市について
メキシコの夜に　果てしなく語りたい

II　訪ねる

ふるさとに生れながら
二ケ国語（バイリンガル）の宿命を背負わされ
もう既にメキシコの母国語が話せない
レストランの客に　ガムやキャンディを売り歩く
裸足で布一枚の少女たち
一日の糧が四ペソか五ペソか
彼女たちのその夜の眠りは
土塀にわずかなひさしをかけたままの
土の大地がそのまゝベッドである

数百年来
祖母・曽祖母　またその祖母・曽祖母
めんめんと受け継いで耕し
とうもろこしの実りを唯一の支えとしてきた
その土地が自らの土地であることの
既にペンの字も薄れた
見知らぬ外国字の証明書もある

ある日　気がつけば
数百・数千エーカーの広大な土地は　誰知らぬ間に
白人（ホワイト）や混血（メスティソ）に取りあげられ
　ていて
銃と　鞭との威嚇で
野犬のように追い立てられ
果てしない有棘鉄線で囲まれている
入り口はただ一ケ所
そこには厳重な鍵がかけられ
扉を開ければ　はるかに砂塵の道が
不在地主の白亜の屋敷をかすませている
「荷物運びの家畜を飼うよりインディオの方が安上り」
「土地をかえせという奴は撃ち殺せ」

「ワステッカ地方では、この五年間に少くとも五百件の
　暗殺事件が起きている」
南北アメリカ大陸の中央　メキシコの土地で
今日もいくたりかのインディヘナの命が消えている　と
いう

母国語をかえせ
曽祖父からの土地をかえせ　という
ただその言葉のために
「地区共同体は、数台のトラックと数十人の白色警備隊、
　二五人の殺しやたちに、老若男女の区別なく、あらゆ
　る暴行・強姦をうけ、全てのものを奪い去られ……」
血を流し、生命を危険にさらしながら
とうもろこしのパン（トルティージャ）を焼きつづける
僕はいま
その砂礫の　斗いのメキシコを訪れている

Ⅲ　メキシコシティ

広大なメキシコシティの
その一日一日の足音が
絶え間ない喧噪となってあふれる
湖上に築かれたアステカ王国が
スペインの侵略者・コステルに壊滅させられて
いま近代都市に変貌している

一八〇〇万人
僕はその喧噪と雑踏のなかにいる
建ち並ぶ屋台のジュースやトスコ、ハンバーガーの売り
　声と
四、五歳にも満たないインディヘナの子供が
背に赤ん坊をくくりつけられてガムを、キャンディーを
と
そして白衣の老婆が、花を、布をと
目の前に差し出す腕を払いながら
熱い吐息のなかを、人かきわけながら足早に歩く
白人と混血（メスティソ）と、インディヘナとの
越えることの出来ない壁の向うで

いま僕は巨大な壁画の
拳を振りあげた
女の怒りの洗礼を浴びている

右手の炬火は燃え上る意志をはじかせ
左手は怒りに肩を組む労働者と結ばれる
リベラの愛と変身と闘いとの
メキシコの革命の証しが　僕の額を打ち
その壁画の前に立ちつくす
人民の夢の未来を信じるが故に

立ち並ぶ屋台
油炒めの野菜と肉と
オレンジとパンとトルティージャと
落書きと喧噪と鮮やかなペインティングと
その中での不思議なハーモニー
絵はがきと人形とプラモデルと
甘いベッサメムーチョ

地下鉄で　六、七人の集団に
一気に車内に押し込まれる
気がつくと財布を掏られていた

Ⅳ　テオティワカン

深い山の中を歩いている。果てしなくつづく草むらが、岩礫の漠土をかくしている。僕は枯れた草の根に足をとられ、つまづきながら暑く長い赫土の道を歩く。

　名も知らぬ樹々が岩礫にいくばくかの影をつくり、巨大なうちわサボテンが卵形の赤い実を熟らせている。果肉に甘い酸味があってたべれば砂漠の渇を癒してくれるという。幾百年か、人はその様にして生きて来たのであろうか。足もとを延々として列をなしている赤蟻の群れも、幾万年かを変らずに働きつづけたのであろう。

　僕は一歩ずつを踏みしめながら、その赫土の漠礫に屹立する意味不明のピラミッドに登っている。

　スペインの侵略が五百年前、アステカの文明を滅亡させた。

農耕をし、祭祀をし、狩猟に明け暮れていて、そのため弓矢しかもたなかった人々は、天然のめぐみと部族のいたわりと純潔さと、そして未来への呪縛に神々の影を見つめて来た。広漠たる原野に石積の神殿を作ったインディオの王国は、幾百年かの祭祀をつづけて消されていった。

文字をもたず、夜が明けても歌いつがれた、笛や太鼓の湧きあがる口伝が唯一の歴史であった。

千年もの昔、アステカ人がこの漠礫の道を探ったという。そのとき、無人の原野に既に廃墟となっていた巨大なピラミッドと神殿があり、天頂から忽然と白光がつらぬいて走り、大いなる白い神が現れたという。

五百年後、大いなる白神はアステカの凡てを奪いつくした。

赫土の漠礫の道で、僕ははげしい眩暈におそわれる。

手のとどきそうな碧空から、突然雨が砂塵を濡らすと、翼をもった蛇が神殿の刻まれた石柱の背後から、音をたてて天空に飛翔する。

僕のからだは空中に舞い、はたはたと風を切ってピラミッドの頂点に立つ。はるか眼下には若い女の胸を裂いてとり出した心臓が、月の神殿の「生け贄の神・ツパントリオ」の胸に抱かれている。

広場を埋める千万の群集の、太鼓と笛と、はじける歓声の踊りは、はるかなカサスの雪山にこだまして消える。

僕はいつの間にかするどく曲った嘴をもつ一羽の鷲となって、翼のある蛇をくわえて群集のなかへ降り立っている。

あたりは忽ち闇となり、残された一本の炬火だけが血ぬられた祭壇に捧げられた心臓を照らしている。

はるかに地底で歌が湧いてくる。

二千年をこえ、或は一万年をこえる歳月が流れたという。

僕はいま息をきらして太陽の神殿と呼ばれる巨大なピラミッドを登っている。

南北に見はるかす四キロメートルの「死者の道」。その南の極に、鷲と蛇と神々の塑像を巨大な石に刻んで、幾百年かの意味不明の栄華を忽然と閉じたケツァルコアトルの神殿がある。

　その地下に唯一人、翡翠の假面をかぶって眠りつづける女よ。あなたはいま僕らに何を語りかけようというのか。

　假面のなかで、二十世紀の文明が、あの祭壇の血に濡れた心臓に、蛇の翼をつけて甦ったと見ているのか、或はアステカ文明の滅亡を見、また、つい昨日、ヒロシマやサラエボの無惨な殺人の行為が、人類の滅亡を予言しているのだと、怪しく輝かせている翡翠の假面の下で見つめているのか。


　僕はいま「死者の道」の中央の祭壇の跡に立って、太古の地底からひびいてくる太鼓と笛と群集の歓呼をきいている。

V　チェチェンイッアー

半島をうずめつくす樹海のなかへ
ジャガーに追われる羊のようにもぐり込む
カリブ海に突出するこの半島は
古代マヤ文明が栄華を誇っていた
千年　誰も知ることのない歴史の闇部をこえて
いま僕の前に
ごう然と屹立するククルカンのピラミッドがある

春分と秋分には光と陰とがこの神殿を二分し
巨大な蛇が北側の階段で身をくねらせる
幾千年か前　すでに一年を三六五日とし
二〇日を一ケ月と区切って
二百年を単位とするマヤ暦を作った
この見はるかす原始林のどこかで
原始の太鼓をたたく音が
かすかに響いてくる
僕らの祖先が　いま僕らを呼んでいる

訪ねて行くバスのなかで
名も知らぬメヒコの女性から
テキーラの飲み方を教わった
握った拳においた塩をなめ
テキーラを口に含みながら
二つに割ったライムをかじる
しびれるような酸味が
テキーラの芳香と混って口中にひろがると
僕の肌は徐々に褐色になり
僕の眼はインディヘナの輝きとなる

広大な原始林のなかで
僕は幾百年を眠りつづけたのであろうか
神殿の石段を一歩一歩と登る
東西南北に正面した石段の総計が
正確に三六五段で、それが一年という歳月であり
神殿自身が二千年の暦を刻んでいる
或はその歳月を僕は眠りつづけたのであろうか

ときに遠くで太鼓のリズムや
オカリナや角笛の音が
樹海にこだましていたことがあった
何事かの祭祀があり　また
幾人かの生き贄が
胸を切り開かれて心臓をチャルモークの像にそなえられた
鷲は血に濡れた心臓をつかんで飛び去り
ジャガーは　宴果てる頃　生け贄の首をくわえて森に消える
流れた血は蛇になり翼を得て神になるという

何時この風習が消えたのか
誰も知らない
ツパントリオには幾千かの頭蓋骨が石に刻まれ
鷲とジャガーが神の使者である蛇をくわえて
いま台座の上から僕を見守っている

幾百基かの戦士の石像が整然と並立し
神殿のピラミッドの
朱は剝げ落ちて白い石肌をさらしたまゝに
誰にも知られない一つの文明の終焉を語っている
僕はいま崩れかかった神殿の
石づみの穴のなかから
一匹のイグアナとなって黙って一つの歴史を見つめている

青い光

Ⅰ　青い光

もうすぐ二千年を迎えるという年の瀬に
Oさんの死が
黒抜きの特号活字でぼくの目に飛び込んだ
ウラン溶液をバケツで移していた最中に
突然　青い光が燃えはじめたという

「青い光」が何であるのかを誰も知らない
暗くて長い　誰の足跡もない道
何の道しるべも　標識もない
南へか　北へか　方向さえ定かでないが
この道も何年も歩いてきた
いや　歩かされてきた　道
行く先には果しなく広がる
プルサーマルという沃野があるという
夢のエネルギー政策という呪文
くり返される呪文のなかで
とてつもなく明るい街灯と見えていたものは
雪道のかげろう
暗夜の影ぼうし
閉じられた網膜に投影された幻影
人類の「おごり・過信への戒め」と
特号活字が躍っている

もう半世紀以上もの昔
僕は　焼けただれた広島にいた

敷石ははがれ
石組みの欄干はなぎ倒され
腹をかえして黒こげた電車は
巨大な毒虫だった
側に焼け縮んだ僕の馬が
ふくれた太鼓腹に
黒く骨だけになった四本の脚で
天空をつかもうと凝固していた
川面に夏の陽が冷たく
橋脚にひっかかった土色の衣布
流れ下ることも出来ない屍体が僕に手を延ばす
崩れ残ったビルの床に声もなくうめいている
数えきれない瀕死の一人ひとり
胸の名札をめくって探して歩いた
ヒロシマの迷路が
「青い光」の特号活字の裏側に見える

一週間後のOさんの白血球は零になったという
臍帯血輸血が行われ
骨ずい移植がつづけられた
十日後　白血球が回復したと報じられた
Oさんは回復するだろうか
現代医学は「青い光」を克服するかに見えた
だが二千年を目の前に　八三日目に
三五才の生命は消えた
〈Oさんの血液細胞はすべての染色体遺伝子がちぎれた状態。時間を経てさまざまな障害が起こることが、まざまざと理解できた。誰も見たこともない症状であった。〉
と、東大医師団は語った
二千年のいまも
現代医学は「青い光」を超えられない
次の百年も超えることは出来まい

II　ふるさとで

僕のふるさとは岩国
広島から西へ約五十キロ
向い隣りのMさん宅へ
六人の被爆一家が避難してきた

一週間目に　おばあちゃんが死んだ
二、三日おきに、つづいて四つの棺が出た
ひとり、四才の少女が残された
まわりで子供たちは
縄とびをし、鬼ごっこをして遊んでいた

いのり

八月の陽光がさんさんと輝いている
広島から十里ばかり離れた海浜の小邑
赤銅に陽にやけ
漆黒の髪をした素足の子供たちが
魚をとり　縄とびをし　鬼ごっこをして遊んでいる
彼等は日陰を選ぼうとしない
彼等は真黒で裸で健康なのだ
彼等の飛縄は土ぼこりをあげて楕円形の幻覚を描き
彼等はその幻覚の中で鯉のようにはねる　一人——
日光を怖れ　日陰を選び　八月の盛夏に
二、三枚も重ね着をした少女が軒下にしゃがんでいる
陽差しの強い明暗の中に　不思議に蒼く手足はむくみ
浮上がるような蒼白い顔を
たった一本の髪の毛も彩っていない
——原爆症——
膨れて眼瞼の細くなった少女の目尻から
冷い銀のしずくが一つ　糸をひいて頬を流れる
泳ぎに行きたい！　魚がとりたい！　縄飛びがした
い！
ああ　この形にならない素朴なねがいが
一人の無心の少女を悲しませるのだ

やがて六年がたつという
今年も盛夏の八月
真黒に陽にやけ
裸で　素足で　漆黒の髪をした子供たちが
魚をとり　縄飛びをして遊んでいる
暗い軒下で一人　仲間外れにされ
悲しそうにしゃがんでいた少女はいないか

あれから一週間のいのちだったと
暗い噂が流れたのも六年前
少女よ
あなたは今日も小さな墓石の下で
真夏の陽光を怖れ
膨れて細くなった瞳から
銀のしずくがあなたの頬を濡らしているのであろうか

真黒に陽にやけ
素足で　裸の　少年達よ　少女達よ
海ほほずきを　くるる　くるるうと鳴らしながら
飛縄の土ほこりをあげて楕円形にはえる幻影のなかで
鯉のようにはねろ
蝶のように飛べ
幅の狭い小川の柳の下で
泥だらけになって魚をとれ
水平線に入道雲のわきあがる
紺青の海へ泳ぎにゆけ

そして　六年前の蒼白な少女のように悲しくなるな
あの一人の少女のように悲しくなるな

（一九五一・八・三）

五六年前の「青い光」は
僕のふるさとで
婆ちゃんから四才の童女まで　次々と
容赦なくいのちを消していったのだ
占領下の基地岩国は
朝鮮戦争のさ中で
GIと夜の女の嬌声にあふれていたが
僕ら　詩の仲間たちは
プレスコードの目をくぐって
八月六日の追悼の〝集い〟を開いていた

Ⅲ　田舎医者

もう数日で新しい年が来るという寒い日
一枚のハガキが来た
〈殻つきの広島カキ、当地ではちょっと手に入りにくいよい品で、厚く御礼申し上げます。カフカの小品集三冊を送るについて少々ためらいがあったわけですが〝結局はいわば　押しつけの贈呈〟ということにしたのでありました。
ゴッホ展が関西を飛びこして福岡で催される様子なので、M氏に会いがてら出かけようと思っているのですが、御一緒しませんか〉
贈ってもらった小品集IIが、いま半分開いたままで僕の机上にある
頁の中で「田舎医者」がくたびれた自家用の馬をもて余しながら、何とか扉の穴をくぐり抜け患者宅に入ろうとする
馬丁はドアを砕き裂きながら、患家の中庭に入ると、患者はシャツもなし、熱もなし「先生　ぼくを死なせて」と耳もとでささやく……
僕は一人の田舎医者になって、かじりつかれた耳朶の歯型をまじまじと見つめる。死の抱擁というのはこういうものか

若者よ　お前はもう衣類を着て行かなければならん
「青い光」の燃える地獄へだ
或は終りのない暗闇の迷路へだ
いま僕は一九四〇年代の広島にいるのか
いや　アウシュヴィッツのゲットーの前にいるのか
僕はいつの間にかハダカにされていて、故郷の街道を駈けている。足指は血にまみれているが、行く先は格子つきの出口のない病室か、又はカーキ色の帽子に星の徽章のついた木造兵舎か　僕はいつのまにか頁の間で眠ってしまっていて……
くたびれた僕の馬はとっくに僕を放って帰っていった
僕は君の贈ってくれたカフカの「田舎医者」の聴診器とピンセットとを、いつのまにか僕の往診鞄のなかにとり込んでいた様だ。鞄を開くと、玄関の呼鈴が鳴って、僕は深い迷路の広島・鉄砲町二丁目の裏露地につれ込まれていた
五十年前の夏の或る日、天空からの青い閃光をあびて家が崩れた。あなたが助かったのはその一瞬前に吹き飛ばされて、梁の下敷をまぬがれたからだ

僕はいま、その鉄砲町の迷路にいる
馬が突然僕の前に立ちふさがって、汚れた牙をむく
その馬も燃えて黒こげて天を向いたであろうか
僕はもう目を醒さねばならん

君とゴッホ展を見に福岡へ行こうと思う。そこには広島
で机を並べて一緒にドイツ語を学んだMがいる筈だ
そこでは行ったこともないプロバンスの輝く太陽と緑に
埋まるだろうか
僕はそこで　時々主人を忘れる僕の馬に出会うだろうか
僕は数えきれない時間を遡っている
果てしなく遠い時間の闇のなかで、とっくに忘れていた
広島の、或はユダヤ人の記憶をなぞっている
僕は近々　ポーランド・アウシュヴィッツを訪ねようと思
う
そしてワルシャワのショパンの家を訪ねたいと思ってい
る
半世紀を超えての時間をなぞるために

評論

「代々木病院」と「列島」の詩人たち

I　代々木病院赴任のころ

僕が代々木病院へ赴任したのは、一九五四年四月のことだった。

上京して最初に訪れた木原啓允氏宅は、新宿西口の淀橋浄水場の近くにあって、美しい稲子夫人が僕を迎えてくれた。鳴子坂下という地名で、いまは都庁を中心に巨大なビル群がひしめいているが、当時はまだ道路の舗装もままならずに雑草が茂っていたと記憶している。

木原は、僕が国立岩国病院に療養中、患者自治会報に載せた詩「失われた腕に」が「政令三二五号（占領目的阻害行為処罰令）違反容疑」として病床で逮捕された五一年夏、保釈中の僕を病院に見舞ってくれた。この詩作品による逮捕事件は、ときどき喀血しながら療養を続けていた僕には随分こたえた。当時、彼が編集をしていた「詩と詩人」などにもときに作品を発表し、新日本文学会員であった僕は、その年の「新日本文学会文学賞」に、山口支部の推薦で「盲目の秋」を詩部門に応募していた。これが「最終選考の七篇のうちに残ったヨ」という連絡を山口支部の石神哲氏から知らされたりしていた。最終的には賞をもらうことにはならなかったが、このことは当時岩国検察局に呼び出されて、詩のなかの「たたきおとすぞ、」と書いた「飛行機虫」は、「岩国航空隊の米軍飛行機のことであるか、虫であるか」と、殆んど意味のない論議を調査官とくりかえしていた僕には、詩人としての衿持のうえからも大きな支えであった。最終選考にノミネートされたという知らせだけで、詩を書きはじめていた僕には充分な手ごたえがあった。

木原が病室に現われたのは瀬戸内の夏の暑い日であった。彼の郷里が岩国に近い下松市で、帰郷をかねての見舞であったのだろう。旧海軍病院の木造病棟の広いサンルームで、ひろびろと広がる瀬戸内海の青さを眺めながら、五十年昔にどんな話をしたのかいまは覚えていない。

ともあれ木原は「列島」の仲間うちでは、僕の最初の知友であり、「詩と詩人」を通して、出海溪也や関根弘と交友の道を開いてくれた先達であった。稲子夫人の手造りの夕餉を御馳走になりながら、その前年（一九五二年）の「血の金曜日」といってよい「血のメーデー」事件のことを、酔うほどに、僕はくりかえし聞いた。右足の銃創を処置してもらった病院へ官憲が踏み込んできて、病室の窓から屋根づたいに脱出、大阪の浜田知章宅へもぐり込んで、以後「花岡次郎」の変名で地下活動?を続けていたこと、などである。岡山の下宿で誰ともわからない花岡次郎の手紙をもらって、彼が官憲に追われているることはうすうすわかったが、病室の窓から撃たれた右足を引きずりながら屋根づたいに脱出する話は、二年前のメーデーの緊迫を目の前に見る思いがした。木原啓允の名前は「列島」二号で消えて五号から「花岡次郎」が復活している。

五月の太陽が
たかく　ギラギラとかがやいていた
太陽は　たかく　ギラギラと
もえつづけ
恐怖に狂気したファシストたちの銃口が
ついにいっせいに火をはく
うずまくガスと硝煙と砂じんのなか
ねらわれた夫が　一瞬　てん倒し
射ぬかれた太もものズボンが　はげしく血にそまる
若ものが殺され　乙女はうちのめされ
血は　ながれにながれて
広場の土と草をいろどった

（「列島」五号「ある共産党員」より）

木原啓允の詩にしては、あまりにも直截にすぎるが、彼の血がこの表現をとらしたのであろう。
ともあれ、貧乏書生の東京での最初の夜は木原宅での暖かい歓迎を受けた。

その年のメーデーは神宮外苑であった。一九五二年、血のメーデー事件以後、皇居前の使用は禁ぜられていた。僕にとって初めての首都でのメーデーは、外苑広場を埋め尽した旗々や、多彩なプラカード・ゼッケンに、圧倒される感じであった。探していたら、もう行進がはじまっていたが、新日本文学会の隊列に出会った。先頭に野間宏氏がいて、その傍に「列島」の関根弘がいた。呼び込まれて肩を組んだのを、コース順など記憶にないが、組んだ腕の温かさだけ覚えている。

「列島」はすでに発足後三年目に入っていて、八号を重ねていた。僕も神田神保町のうすぐらい十三階段を上り、左の扉を開けると昭森社の森谷均氏がデンとかまえている部屋を幾度か訪ねた。「列島」の会議は、その隣りの狭い部屋で、関根、木島、木原（花岡）、菅原（克己）、井手（則雄）などと肩をふれあうような会議であり論議であった。僕は代々木病院に勤務したばかりの新任の医者が正業であったので、病院の都合の許すときしか会議には出席できなかったが、十一号と十二号は「サークル誌詩評」を担当した。

そのころの昭森社を間借りしていた「列島」編集部の状況は『戦後詩壇私史』（小田久郎・新潮社・一九九五年）にくわしい。

某日、さそわれて関根弘の宅を訪れたことがあった。町工場の酸っぱい熔接の匂いの流れる小路をかき分けるようにして古いしもた屋の背戸を押して関根の書斎に入った。途中で、焼酎を仕入れ、コップでこれを汲み交した。関根は、新顔の僕にはひどくやさしかった。

「東大に灯をつけろ」
「ニューヨークでは霧をシャベルで搬んでる」
僕は見知らぬ街角で
あなたの声に呪縛され
その声のままに　プラタナスの並木通りを曲り
溶接の匂いのする小路をすり抜けて
あなたの小さな書斎に入る

焼酎と玉ねぎ一コと
破れた詩稿が
僕らの　晩さんであった
「第七天国」というフランス映画があった
プチパンに　玉ねぎのサンドウィッチ

たったそれだけの
主人公の樹蔭での昼食
僕らは　いつの間にかパリの街角にいた
……
（「識ることについて〈関根弘に捧げる〉」より）

その夜はおそく、放射能の雨が街路を濡らしていた。僕は世田谷の姉の家に行くのに秋葉原での乗りかえを失敗し、渋谷についたときはもう玉川電車は終電を過ぎていた。

上京した年の暮れ、父や姉たちの反対を押しきって強引に同居していた和子との、改めての「結婚式をやろう」との話題が出て、世田谷の池の上の菅原克己宅で、ミツ夫人と木原稲子さんの手料理で「列島の仲間」での乾杯が行われた。

「近所の八百屋さんからリンゴの空箱をわけてもらい、その台に雨戸をのせて新聞紙を敷き、シーツを被せてテーブル代りにした」（「黄色い潜水艦」三十一号より・菅原ミツ・一九九九年）という結婚式は、一九五四年十二月二十五日であった。「列島」の仲間以外には、僕の長姉夫妻と代々木病院の佐藤猛夫院長、保坂典代小児科医長の四名のみの参加であった。言い出しっぺの菅原克己が「列島の仲間」と題して「詩学」（一九五五年三月号）に左の一文と写真を掲載している。

〈昨年、暮れも押し迫ってから、御庄博実の結婚式をやった。友人たちの中からは、関根、井手、木島、花岡、菅原が集った。御庄は既に結婚しているのだから、式なぞという形式にこだわるのはおかしいという意見が、さっそく出たが、ともだちの幸福に関することだから、そう強いて反対する者もいなかった。列島の仲間のなかで一番年少の御庄はお嫁さんとならんで、皆の毒舌の攻撃をうけながら、ただ嬉しそうであった。わが前衛詩人たちは飲むほどに、いささか日本的懐古的になり「カチューシャ可愛や」から「ストトン節」まで飛び出して、たいへん古風であった。関根などは少年のようにはしゃぎ、写真のときは最前列で顎をつき出しながら、一番澄まし込んでいた〉

僕のカメラで撮ったこのときの写真が「列島」での編集部の幾人かがそろった写真としては唯一のものである

ことを、つい先年『列島詩人集』（土曜美術社出版販売・一九九七年）の出版記念会のときに木島始から聞かされた。そのころ、詩人の仲間たちは、誰でもカメラなどとは無縁のものであったのだろう。

そのころ、関根弘の提起した「狼論争」は左翼前衛詩壇を大いに刺戟したが「列島」は一九五五年四月の十二号で実際には終刊となった。同年末に発刊された『列島詩集』が赤字をかかえて、「列島」を続刊する資金が手づまったのだ、ということを木島始から聞かされたのも出版記念会でのことであった。「列島」が活動した四年間は、戦後の激動しつつあった日本の一時期の典型であった。朝鮮戦争が日本経済にも、日本人のモラルにもはげしい影を落していた。またビキニ環礁での水爆実験が日本中を震撼させていた。果てしない科学技術の進歩が、世界をパワー・ゲームの悪循環の泥沼に追い込むことへの怖れが、野火のように拡がって、杉並の主婦たちがはじめた「原水爆禁止署名」活動が、その後の世界史の重要な頁をめくることになった時期である。第五福竜丸の被爆があり、放射能汚染のマグロが大量に廃棄されて、秋には久保山愛吉さんが世界で最初の水爆の犠牲者となった年であった。

関根弘の書斎での夜は、雨が降っていた。放射能の雨であったろう。

僕は　遠いふるさとを語り
あなたは　行ってみたことのない海の事件を
果てしなく喋りつづける
僕らは二人で　波間に浮び
毒のある　汚れた海でもがいていた
その夜は　雨もまた
毒に汚されていた

（「識ることについて〈関根弘に捧げる〉」より）

II　詩人の胃袋

一九五七年五月、新日本文学会詩委員会の発行になっていた「現代詩」の編集長に、長谷川龍生が就任し、編集委員も、関根弘、黒田喜夫、中野重治、且原純夫など大きく顔ぶれが変った。長谷川龍生もこの任務のために大阪から上京してきた。代々木病院赴任のとき、龍生宅で、静子夫人を交えて、「山河」の浜田知章や湯口三郎などに手荒な歓迎を受けた僕は、木原稲子夫人、菅原ミツ夫人、長谷川静子夫人などと家族ぐるみのつき合いがはじまっていた。

この年の夏、木原啓允らが神彰などと一緒にアートフレンド・アソシエーションといういわゆる「呼び屋」の会社を作って、モスクワ・ボリショイバレエ団の日本での初公演に成功した。これは大きな反響をよんだし、僕も木原君から、恐らくプレミアムがついたであろう切符を廻してもらって、何回も観せてもらった。繊細、豪華な本場のバレエに僕らは大いに刺戟され、興奮させられた。

このころ僕は病院診療の多忙さに追われていて、「詩学」「文学評論」などに年に一、二回詩を寄稿をするくらいであったが、「列島」の仲間たちとは新宿西口の泡盛屋で燃え上がったり、「花風」で車座になって文学論をたたかわせたりして、代々木病院での忙しすぎる日常診療のストレスをまぎらわせていた。

五七年暮れ、菅原克己が、胃痛を訴えて受診しにきた。僕はレントゲン室の暗室の中で、うねうねと動く彼の胃袋を圧えていた。

君の胃は
何十年
日本の政治の
排泄物をくらいつづけて来た

そして
胃は
むくみ　ただれ
あげくの果ては
このほじくれた激痛の
悔恨に似た穴だ

（「胃袋」より）

それから菅原克己は、幾度僕の診療室を訪れたことであろうか。数年後に大量吐血した彼の胃袋を切除し開いてみると、いくつかの潰瘍はんこんが、苦悶の戦歴のあとを物語っていた。いま彼が自分の切除胃をみれば、あこの潰瘍痕が練馬三丁目のチイちゃんと、戦前戦後の「赤旗」を印刷していたころのもので、その隣りのが調布市佐須町へ家を建てたときのあと、深く新しいやつが「新日文」の「声明」をめぐる傷痕か、と少し苦笑しながら指摘するであろう。

翌五八年は波乱の多い年だった。戦後の産業構造がじりじりと変革を迫られ、それまでの基幹産業のひとつだった炭労が徐々に追いつめられてきた。三月から六月まで炭労ストが打たれ、九州から北海道までの山の男たちが上京し、テント村で起居し中央行動が行われ、僕も医療班として、テント村に詰めたりした。

某日、長谷川龍生が「妻の体調が悪いので診てほしい」とかけこんできた。四〇度に近い発熱が続いていて動けないというので、時間を打ち合わせて永福町のアパートへ往診した。彼女は、やつれた頰を発熱のためか紅潮させていた。聴診器をあてると、右胸に水が溜まっていることが判った。ふとんの上に起きてもらって、打診で右胸水の位置を確認して「プローベ・プンクチオン(試験穿刺)をしますよ」と告げた。左腕で頭をかかえるようにして、右側胸部を大きく広げた。肋間に針を刺して胸水を抜くためである。穿刺する場所を確定してヨードチンキで消毒をし、ゲージの大きめの注射針を刺す。皮下に入るときと、肋膜を刺すとき、とくに肋膜は痛い。身体がゆれると痛みが更にひどく具合がわるいので、龍生に彼女の身体をしっかりと支えてもらった。刺し込んだ針から、黄色透明できれいな胸水が注射筒のなかに吸い出された。濁っていないか、血が混っていないかとひどく心配していた僕は、その透明さを見て、ふうーっと息を吐いた。静子さんも、龍生も、僕の息に合わせるように大きな息を吐いた。

龍生の常軌をこえる奇行に悩みながらも彼を支え、苦難な生活にも自若としてきた彼女も、目の前で自分の胸から黄色い水が吸い出されてきたのにはずいぶんびっくりした、と後になって語っていた。胸水が濁ってなくて血性でもなかった、ということは癌などの悪性・重症を否定できるのでとりあえずは安堵したが、すぐに入院して安静にしてもらうことにした。春も過ぎて、夏が近づいていたころであった。そのころ、渋谷で落ち合うと、長谷川龍生は「赤城の子守歌や」などと自嘲しながら、まだ幼い文朝君を背負って、恋文横町ののれんをくぐった。僕は夫人の入院している彼の淋しさを慰めたいと思ったりもしたが、彼の天性はそんな憂いとは無縁であったようだ。安部公房の近作劇「幽霊はここにいる」や、伊達得夫の書肆ユリイカのシュールレアリズムへの傾斜などについて、飲むほどに、酔うほどに僕は彼の妖気にあてられどおしだった。

また四月末、俳優の宇野重吉が体調不良を訴えて入院し、僕が担当した。不眠、食欲不振、慢性の胃腸障害に悩まされていたようだが、精密検査では特別の異常はなかった。舞台での、そして「民芸」運営の精神的な緊張が原因であったろう。その後幾度か「疲れた」といっては「民芸」の稽古場への往診を依頼され、演出を指揮している宇野さんに、その場でブドー糖とビタミン剤の注射などをした。「炎の人・ゴッホ」「オットー」という日本人」「どん底」や創作劇「運命」などを公演していたころのことだった。観客のいない座席の中央で、宇野さんと並んで、初日に近い俳優さん達の稽古を目の前にしながらの治療だった。何の装飾もない舞台での異様な緊迫感だけは、いまも鳥肌の立つ思いで記憶している。

宇野さんの主治医としての仕事は、五年後に僕が代々木病院を去ることで終った。以後は年賀状の交換が続いたが、一九八七年、宇野重吉一座の最後の巡業となった「三年寝太郎」の広島公演のときに楽屋を訪ねたら、幕合いのベッドで点滴を受けていた。僕が代々木病院を去ってからは、日大病院に変られて、胃癌、続いて肺癌の手術を受けていた。「こうして全国を廻っているのが僕のリハビリなんですよ、エヘッ」と首をすくめる宇野さんは三十年前のままだったが、その翌年に訃報を聞いた。

五九年二月、関根弘が大量の下血で受診に来た。十二指腸潰瘍だった。彼は「中央公論」四月号の「くたばれ八幡製鉄」の執筆に追われていた。それでなくても敵に囲まれていないと落着かない彼の、自らを傷つけるほどの超多忙さが原因であったろう。それから菅原克己とともに僕の外来診療に通い続けるようになった。関根弘と前後して、木原啓允も胃を傷めて受診に来たが、木原の方はむしろ稲子夫人の精神神経症状に悩まされているふしもあって、その後幾度か稲子夫人の往診をもすることとなった。

僕もその数年の後に、十二指腸潰瘍で下血する。人の肉体は微妙で、とくに胃や十二指腸は内外のストレスに敏感に反応する。実験用のマウスを金網に入れ、水を張って、殆んど呼吸の出来ないほどの危機的な深さに沈めると、マウスは必死にもがき続けるが、その強烈なストレスは、三時間余でマウスに新鮮な胃潰瘍を起こさせる、という報告がある。極度の精神的な緊張状態で「胃が痛くなる」という症状は、実に額面通りであるといってよい。

詩人も芸術家も、常にさまざまなストレスを浴び続けているのであろう。僕は、彼らの胃袋を、代々木病院を舞台にして診続けていたことになる。

III 黒田喜夫の入院

一九五九年の五月は雨が多かった。雨の中を梅子夫人につきそわれて、土方与志が五月十六日に入院してきた。肺結核の治療を受けてきていたが、胸部X線で診ると肺癌だった。担当医となった僕は、このことを梅子夫人に告げた。それまで続いていた結核の治療を止めて、栄養補給などに集中したせいか、五月末に一時症状は好転したが、六月三日に急変、四日に亡くなられた。享年六十一。「許可してもらった病室での葡萄酒が、とてもおいしかったと与志が喜びました」という梅子夫人の割り切れなさそうな声が、いまも耳に残る。

共産党前中央委員の伊藤憲一（当時大田区議）もこの夏に肺結核を発病、若月俊一先生の佐久病院へ送った。空気のきれいな静かな環境での療養を、若月先生も賛成してくださったのである。

九月四日は残暑のきびしい日であった。長谷川龍生に手を引かれるようにして、黒田喜夫を大田区糀屋町のアパートに往診した。病状については数日前にも龍生氏から聞かされていたので、かなりの重症であることはわかっていた。重いポータブル・レントゲンを携行して行ったが、黒田喜夫の胸を聴打診しただけで、もう十年も以前の左肺の合成樹脂球充塡が胸腔内で破れ化膿しているのを推測させた。日本の結核治療の歴史のうえでも、最大の汚点であり失敗であったといわれるこの手術は、それが施行されたすぐあとから、充塡された樹脂球——ピンポン玉と呼ばれていた——が割れて、胸腔に水が貯り、更に肋膜を傷つけ、肺を破り、瘻を作ったりして発熱、衰弱とトラブルが続発していた。そのためにこの手術は一年余で結核治療史から消滅するが、逆にピンポン玉を埋め込まれた全国の幾千人かの患者は、この合成樹脂球を摘出せねばならず、数年のうちに殆んどの患者がそのための再手術を受けねばならなかった。黒田喜夫についていえば十年もピンポン玉を左胸に埋め込んだままで耐えていたこととじたいが、医師の立場から見て稀有のことであった。

病院へ帰って現像したレントゲンフィルムには、明らかに膿胸が起っていた。陰影が重なって数えにくいが二十個近くのピンポン玉のいくつかは割れていて、中に膿液が水平線を作って階段状に映っている。あまりにも長すぎる胸の中のピンポン玉が、異物反応としての胸水の貯溜——結核菌——膿胸——気管支瘻と、じりじりと進行し悪化していったのである。そのため、彼の左肺は殆んど機能を失っているばかりでなく、胸郭一杯の巨大な病巣との闘いに発熱をくりかえし、体力はひどく蝕まれていたのだ。

一日も早くこの病根を摘出しなければならない。すぐ入院して手術しなければ一命にかかわる。だが、黒田はどうしても「入院しない」という。

九月三日　晴

涼しくなった。昼、すいとんを食う。うまい。午後、長谷川龍生より明日午前来るとの電報。

九月四日　晴

御庄博実氏ポータブル・レントゲンをもって、不意に来たる。加瀬君同行。昨日の電報はこれであったか。入院をすゝめられる。

記念すべき日となろう。
加瀬君再度来て話し合う。
九月五日　曇
いろいろ考えて落着かず。長谷川にハガキかける。P
M、加瀬君に電話する。
結局、長谷川、御庄らの好意にもかかわらず入院を拒否する。理由は自分でもよく分らぬ。破滅への欲望のようなもの。形容できない怒り。

敗北を考えたくない心。

（黒田喜夫・日記より）


十年間病気に苦しめられ、医師に裏切られ続けてきた黒田の気持はよくわかる。

二カ月後、彼は長谷川龍生に案内された救急車で代々木病院に搬入されてきた。

左肺に巨大な病巣をかかえて、片肺だけで生きていた彼の右肺が破れて自然気胸を併発したのである。右肺は歪みながら三分の一くらいに縮んでいる。殆んど呼吸が出来ない。金魚が水面でアップアップするような呼吸しか出来ないのである。


結核病棟へ入院。酸素吸入や点滴注射で、やっと危急をしのぎ一命をとりとめた。二カ月前に診察したときより、自然気胸の打撃で更にひどく消耗してしまった黒田喜夫の身体は、それでも徐々にではあるが回復した。翌年春になってやっと合成樹脂球除去の手術をすることができた。極端な体力低下と低肺機能は、とても根治手術に耐えられる状態ではなく、ピンポン玉の除去を無事に終えられるかどうか心配だった。麻酔を担当した僕は、手術中にいつ手術中止を指示しなければならないか、血圧、心拍数、麻酔量を計りながら細心の注意を払った。

とにもかくにも、もう殆んど割れてしまったものばかりの二十数個の合成樹脂球をとり出し、大きな膿瘍を掻把して背部を開放した。気管支瘻で肺から気管支へ流れ込んでいた膿汁を、背中からのガーゼ交換で外へ出し、肺の負担をなくしてやせ衰えた体力の回復を待つよりなかった。黒田にとって、毎日の大量のガーゼ交換は耐えがたい苦痛であったろう。この状態はその後、彼が代々木病院から国立東京療養所へ転院し、吉村輝永仁医師の根治手術を受けるまで、三年余続いたことになる。

Ⅳ　六〇年安保と少女の死

一九六〇年、この年は六〇年安保改定の年で、六月の永田町・国会議事堂あたりは、道幅一杯のフランスデモに埋められた連日であった。

僕は、ちょうど、初出産間際の妻を、板橋区の小豆沢病院へ入院させていた。代々木病院で毎日の診察をし、ときに国会デモに行き、また大あわてで小豆沢病院へ妻を見舞うという日々を過ごしていた。

六月十五日は水曜日であった。前日、病院の仲間たちと国会デモへ参加した僕は、虎ノ門から霞ケ関あたりを、警官に規制され、列はよじれながら、人の波と一緒に延々と連なっていった。夕暮れどきの東京の空はひどく赤く燃えてまぶしかったのが記憶にある。

十五日夕刻、代々木病院から妻の病室を見舞いに小豆沢病院へ行き、遅くなってから品川、大井町の部屋に帰り、翌十六日に病院へ出勤した。午前中は外来診療に追われて、午後も病室回診をすませたころであったろう。中田友也副院長が医局で僕を待っている。社会党参議院議員の坂本昭氏（高知県選出）と並んで、きびしい表情で僕に一冊のノートを出した。「昨夜の国会デモで樺美智子さんが死んだ。慶応大学法医学教室で解剖した中館教授のプロトコール（口述記録）がここにある。一語も漏らさずに記録している。これを伝研（東京大学伝染病研究所＝現・理化学研究所）の草野先生に見てもらって、樺美智子さんの死因をまとめてもらいたい」というのである。

坂本参議院議員は、一高・東大と代々木病院の佐藤猛院長と同級生であった。

医師でもある彼は、国民救援会の会長であり、十五日夜、社会党議員としてもまっ先にこの事件を知ったのであろう。十六日の司法解剖に、その佐藤院長と一緒に立ち合う予定で代々木病院に来たのだが、院長は中華医学会の招きで数日前から中国を訪れていて不在であった。急遽、中田副院長が坂本氏と同行した。

解剖所見は、身長・体重の計測からはじまり、所定の手続に従って慎重にすすめられる。中館教授の一言一言が記録され、のちの写真撮影、顕微鏡所見などと併せて鑑定書がまとめられる。坂本・中田両先生も、大学の記録係とは別に、すすめられるメスの行方を見つめるとともに教授の口述を記録した。僕に託されたのがそのノートである。

当時僕は病理学の勉強のために、週二回、芝白金台の伝研の草野信夫先生の教室に通っていた。草野先生もまた、坂本議員、佐藤院長らと、東大で同級生であった。記録ノートと解剖現場での意見交換などを伝えて、草野先生の解剖学者としての見解を語ってもらった。ぬいぐるみの熊のような人なつこい、そしてやや怖い感じの草野先生は、じいっと僕を見すえてゆっくりと意見を述べた。僕はこれをメモして樺美智子さんの死因をまとめた。

①死体の血液が暗赤色流動性であり、②肺臓、脾臓、腎臓などの実質臓器にうっ血があり、③皮膚、漿膜下、粘膜下などに多数の溢血点がみとめられ、これらが窒息死によって起こったもの(窒息死の三徴候)であることは疑いのないところであった。

さらに窒息死の所見以外に、膵臓頭部のはげしい出血、および前頸部筋肉内の出血扼痕があることが、解剖の術者や立会者を驚かせたという。このはげしい出血を起こした膵臓については、僕も慶応大学の法医学教室を訪ねてそのものを見せてもらった。

樺美智子さんは腹部に(警棒様の)鈍器で強い挫傷をうけ、外傷性膵臓出血と、更に扼頸による窒息で死亡した、という見解をまとめた。これは六月二十一日に坂本昭、中田友也の連名で、国民救援会の名で「死因発表」が行われ、社会党はときの警視総監を殺人罪で告訴することとなった。前日の二十日には樺美智子の黒枠の写真をかかげて、国会は三十万のデモ隊に包囲された、といわれる。しかし既に安保は、六月十八日に十年の期限切れで自動成立していた。

六月十七日、夕九時に僕の長男が小豆沢病院で呱呱の声をあげた。夜、僕が駆けつけたときはすでに生まれていた。

数日後、木原啓允がいつものように僕の診療室に現れたので、一緒に食事を摂りに出た。彼らが先年のモスクワ・ボリショイバレエに続いて呼んでいたレニングラードバレエ団の帰国がやっと終わったのだという。安保騒動のあおりを受けて、公演は満席にはならなかったようであるが、その舞台裏で、テレビで放映されている国会前の実況中継を見ていたバレリーナたちが、その映像を指さして「これは革命だ！　と、みんなが舞台を忘れて興奮するのヨ」と話してくれた言葉がいまも印象に残っている。

樺美智子をめぐる死因については、国民救援会の「警棒によって腹部――膵臓を挫滅され、頸を締められて窒息死した」という見解と、東京都監察医務院の渡辺富雄氏の死体検案書の「人ナダレによる圧迫死」という意見が対立していた。七月二十三日に提出された中館教授の鑑定書は、樺さんの死因として「手指による扼頸、鼻口部の閉塞、胸腹部の圧迫」の三つをあげ、さらに「死の直前に起した外傷性膵臓出血が相重なって窒息死した」と指摘した。

社会党から告発を受けていた検察庁は、中館教授の鑑定書を不満足であるとして、東大法医学の上野教授に再鑑定を依頼した。再鑑定は、「人ナダレによる圧迫死」とされた。

東京地方検察庁は、八月六日、樺美智子の死因は「デモ隊集団の人ナダレによる胸腹部圧迫による窒息死」であり、よって本件を不起訴処分とし、鑑定書は公表しない、と発表した。

樺さんの死因については、当時の各新聞も逐一その経過を追って報道していた。「赤旗」の記者も、よく代々木病院の医局に、中田先生と僕を訪ねて、彼女の死についての記事をまとめていた。記事校正がすみ「明日の紙面です」と言われていたが、翌日、各社の紙面には「樺美智子の死因」の記事があるのに「赤旗」には一行もなかった。そのころ、幾度かそういうことがあった。彼女の司法解剖とその死因解明に深くかかわった僕は、その都度、担当の「赤旗」記者と大いに落胆したりした。たとえ彼女が当時すでに台頭していた共産党とは思想的立場を異にする新左翼の中心人物の一人であったにしても、国会デモの先頭にいた人の死の真相は、黙殺されてよいものではない、と最後の編集で削除されることにやや索然たる思いがしていた。

そのころまた、代々木病院の医局で、彼女のご両親、樺俊雄夫妻（日大教授）にも丁重な挨拶を受けたことがあった。両親にとっても当然のことながら、自分の娘がどのような状態で死んだのかということの真相は曇りなく知りたかったであろう。

　この樺美智子の死因について、当時「朝日ジャーナル」で論争されたことをぜひ一筆ふれておきたい。

　東大・上野教授の「人ナダレによる胸腹部圧迫死」の再鑑定書の内容については、上野教授自身が坂本氏らと共に十六日の慶応の法医解剖に立ち会い、中舘教授のメスのすすめられるのにうなずきながら膵臓頭部のはげしい出血のところに出会ったとき、声をあげて「これですネ」と両手で棒をつき出す所作をした。そして、これで死因は判った、という風に一人うなずきながら解剖室をあとにしたという。樺美智子の前頭部扼痕反応などが確認されたのは、その後すすめられていた、さらに詳細に及ぶ解剖所見の結果であった。「人ナダレ」説は、当日、目の前ですすめられる少女の解剖に強い反応をして退席した上野教授の見方を百八十度ひるがえしたものではないか。

　坂本氏と僕は、東京地検の発表した上野再鑑定に大いに怒らざるを得なかった。申し入れて二人、教授室を訪ね「あなた自身もあのとき、膵臓出血のはげしさを、こうして所作をしながら確認していたではないか……」と坂本氏（上野教授と東大医学部同級）は机をたたかんばかりに抗議した。翌日から僕は「朝日ジャーナル」へ公開質問状とでもいうべき投稿を坂本議員の議員宿舎に（麹町であったか、当時は木造であった）閉じ込もって書くことになった。坂本議員は騒然たる国会の最中に時間はなく、僕が水曜日の締切時間を厳守させられての原稿であった。

「鑑定書の公表を要望する――樺美智子さんの死因をめぐって」として、中田友也、坂本昭の連名で、八月二十一日号の「朝日ジャーナル」に公表された。これには翌週の二十八日号で上野正吉教授の「再鑑定人の立場から」という反論が載せられた。

　純粋に学問の府、と考えられている東大・法医学教室という巨塔も、巨大な権力の風浪に揺れ揺らされていたことを、いつも砂を嚙む思いでふりかえっている。

V　詩人たちと除名

一九六〇年という年は、初めて安保継続という重大事件のあった年であるが、九月十三日には社会党委員長・浅沼稲次郎氏が右翼の兇刃に倒れるという事件もあった。また国際的にはモスクワで八十一カ国共産党、労働者党の代表者会議が開かれ、ソ連共産党を世界の前衛党とする規定に日本共産党のみが反対する、という「きしみ」が現われた年でもあった。

翌六一年七月の第八回日本共産党大会では新綱領（二つの敵論）が採択された。この大会の直前に、僕も代々木病院で主治医となっていた、春日庄次郎ら党幹部の幾名かが除名された。また日本共産党史を繰ってみると、武井昭夫、大西巨人、針生一郎、安部公房、野間宏らの除名もこれと前後している。

代々木病院の二階南西の一角に、新しく三十床の結核病棟が開かれた。重症の黒田喜夫には北に面した個室があてがわれていた。何しろ狭くて法定面積ぎりぎりの病院であったので、三、四人の見舞客があれば椅子に坐ることもできかねるほどの狭さであった。僕の外来へ通院していた関根弘や菅原克己、また木原啓允などもよく病室に黒田を見舞っていた。

そのころ採択された新しい綱領（二つの敵論）への議論は代々木病院の細胞（共産党の基礎組織）でも幾度か行われた。僕はあまり政治に深入りする人間でないので、それに日常診療でも時間に追われ続けているのが実情であったので、新綱領の是非について意見を述べる確信はなかった。むしろ何故、党中央の幾人や、新日文（新日本文学）の同志などが、新綱領のどの点に異議をとなえ、意見を述べているのかを知りたい、と思った。

病院のなかでも、幾人かの同志が同様の意見をもっていた。しかしそういうことを理由に綱領の賛否に保留をした僕は、何日であったか、党本部に呼ばれて細胞会議での意見保留の真意をただされた。——それは査問などというものではなかった、と思っているが——。僕にとっては革命を担える前衛組織はひとつしかなく、それが例えどのような紆余曲折をたどろうとも——五〇年問題とそれにつづく六全協まで、幾人かの同志とどれだけつらい別れを味わったか――それが日本共産党でしかないことについての確信は疑ってはならないものであると信じていた。多くの詩友たち、野間宏、針生一郎、関根弘、黒田喜夫など数年来の詩友たちが、何故文学者グループとして声明を出さなければならなかったのか？　また入院中も僕が主治医で、それからも診続けていた春日庄次郎という、所作に聖職者の風のある中央委員が、何故党大会に先立って除名されなければならなかったのか、その異った見解がどのようなものであったのか、僕は知りたい、と思った。

詩人たちはみな僕の親しい友人であり、労働者階級をこのうえなく愛している同志であり、新宿の西口で泡盛で談論風発した仲間たちである。新日文有志の声明文は、党内における自由な発言についての保障に関する意見と聞いていた。除名という処分で、五〇年問題のときのような、憎悪の対立が果てしなく増幅することにならないかという疑念が、新綱領の賛否に対する態度保留の主要因であった。革命を指向する党の姿は僕にとっては人間的な温さのあふれる、同志愛に満ちた前衛党であるはずなのだ。

黒田喜夫は、そのころ、代々木病院内で中央統制委員会の査問を受けて、彼自身が離党を表明したが、十二月二十七日に除名処分となっている。

彼の詩「除名」の幾行目かに樺美智子の死が詩われていることが悲しい。

一枚の紙片がやつてきて除名するという
何からおれの名を除くというのか
これほど何ももたないおれの
ひたひたと頬を叩かれておれは麻酔から醒めた
窓のしたを過ぎたデモより
点滴静注のしずくにリズムをきいた
殺された少女の屍体は遠く小さくなり
怒りはたえだえによみがえるが
おれは怒りを拒否した　拒否したのだ日常の生を

当時の黒田喜夫の病状は、前年の四月に左胸背部から合成樹脂球を除去したあとの膿胸巣が大きく、体力の回復と肉芽が病巣を小さくしてくれるのを待ちながら、毎日の大量のガーゼ交換が続いていた。

一九六二年三月、僕は第二子を妻の早産（七カ月・早期破水）で三日間のいのちで失い、失意のどん底に落ちた。僕は入院中の妻を日赤産院に残したまま一人で柩を送った。小さな棺のなかで庭に咲いた沈丁花もそえられた子は、父母の顔を見ることもなく去ったのである。「淋しい」と日記に書いている。

六月二十六日の日記をうつす。

〈この一ケ月、実に多忙を極めた。卓（次男）の百ケ日も何もすることなく、純（長男）の二歳の誕生日もなすことなく過ぎた。〝純ちゃん二つだから〟というのが口ぐせになった様である。パイパイ、ノ、ミ、タ、イ、ヨ、ナ、という。だんだんと自分を意識しはじめた様である。というのに黙殺していると、二ツダカラ、ダ、メ、カ、ピストルの玩具をもってパンパンといって喜ぶ。誰が教えたのか——。

参院選が近い。

菅原克己、五月二十九日に胃切除を行い、明後日、六月二十九日退院予定なり。昨日、木原啓允、出海溪也、浜田知章、病院に来り歓談する。〉

菅原克己は三年来、胃潰瘍で僕が診続けてきた。調布に彼の家が新築されたときも訪ねて行き、おそくまで語り合って遂に彼の真新しい書斎に沈没した。彼はいつも戦前の「赤旗」の、最後のプリンターであることを誇っていた。

見給え、
ここに
一七三号から
終刊号までの
「赤旗」がある。
これは僕とちい公と呼ぶ娘が
プリントしたものだ。
プリント・ビューローは
練馬南町一丁目の、わが家。
そして一切の、
僕の、光の、存在理由は

ここにあるのだ。

（「練馬南町一丁目」より）

彼の誇らしげな、そしてやさしくはにかみながらの、そのプリント現場へ警官が踏み込んだときの緊迫した話を、その夜も聞いた。世田谷、池ノ上の彼の家での僕の結婚式の回想とも重なって、うん、うんと暖かくうなずきながら僕は盃を重ねていった。

その菅原が血を喀いて入院してきたのだ。六二年四月である。胃切除手術が行われた。

「……手術の結果、彼の胃袋には四つもの潰瘍の跡があり、その一つの如きは穴があいていて、その穴の部分が隣りのスイ臓に癒着していたために、やっと大事にならずに済んだことを知ったのであるが……」（菅原克己「胃袋手帖」より）

彼が自ら「古戦場」と呼び、ひとつはバクダン・カストリ時代、ひとつはショウチュウ時代、ひとつは泡盛・ウイスキー時代などと笑いながら書いているが、その彼が「存在理由」とする共産党への意見書に、新日本文学会のさきにあげた野間宏や、関根弘らに追いかけて名前を並べて署名したことを僕は知らなかった。

このために彼は、居住細胞で幾度かの年余にわたっての批判と自己批判をくりかえし、また中央の統制委員会に呼び出されての査問のことなど、自著『遠い城』のなかで書いている。

——すべてはまた、むし返しだった。ぼくの手術後の、三分の一になった胃袋がごろごろ鳴る音を聞いた。ぼくはシャツの上から胃袋を撫でた。身体の疲労というより、内部の疲労がぶくぶくつまっている感じだった。二日酔いのときのように後頭部が熱かった。ぼくは受け答えする以外は喋舌れなかった。最後に山野は立ち上りながら、なお念を押した。

「あなたは党に残りたいと思いますか？」

ぼくはそう思うと言った。

「残りたいなら規制を重んじなければならぬ。自己批判してくれますか？」

ぼくはしないと言った。

「それは矛盾だ。どっちにするんです」

ぼくは目をあげて彼を見た。……

「ぼくは今まで何度も語った通りです。その上で、あなた方がどうされるかは、――もうあなた方の自由です」

その年、六二年末に、僕は自分自身の都合で出身校、岡山医大の研究室へ帰った。

九九年四月、菅原克己の第十一回「げんげ忌」が谷中の全生庵で行われた。僕は久し振りに、ミツ夫人に会いたくて出席した。そのとき彼の党内対応がどうであったかを尋ねた。「党員権停止一年間でした。除名にはなりませんでした」と、ミツ夫人は目を細めてなつかしそうに答えた。僕は心の底で「菅原さん党員権停止ですんでよかったね」とつぶやいた。

VI　呼吸飢餓　黒田喜夫の死

黒田喜夫を代々木病院に残したままで岡山への帰郷を決めた僕は、彼の今後の療養への保障をしてやらなければならなかった。黒田の病状は一応の小康状態にあるとはいえ、片肺飛行の彼にいつ不測の事態が起るか、予測はつかない。左胸の巨大な膿腔のガーゼ交換は、毎日のことであればそれが続くだけでもやせ細った彼の身体にはたいへんな負担であろう。これだけの膿腔の根治手術――Decortication（皮殻剝離術）――リンゴの皮をむくように、化膿した胸腔内面をうすくはがし取って、清潔・新鮮な組織で空洞を一度に閉塞してしまう――ができる医師を僕は殆んど知らない。特殊な病気の特別な手術だけに誰にでもできる、というわけにはいかない。そこで当代一と考えられる清瀬・国立東京病院の吉村輝永仁先生に黒田君のレントゲンなど病歴一切を持っていって「彼を引きとって手術してほしい」ことをお願いしにいった。

もう十二月の冬の風が武蔵野を吹いていた。国立病院の吉村先生の部屋で病状をふくめて長い話になったが、黒田を引きとることを快く引き受けていただいた。ただ、持ちベッドが空くまで二、三カ月の時間が必要、ということで僕は、このことの次第を木原啓允と長谷川龍生に、そして黒田夫人に話したと思う。

私はそのころ詩を離れて、その世界にうとく、ちょっとやくざな仕事にかかわっておりました。関根弘の文学関係党除名第一号はともかく、ついに黒田までが除名され、黒田がまたこれにタテつく「除名」というような作品を書くに至るなどは、全く知りませんでした。御庄もそのときの立場上、あまり明からさまに語れなかったのでありましょう。要するに、自分はこんど代々木病院を去るが、それにつけても黒田のことが大変〝心配〟である。ついては清瀬の国立療養所に移した方が良いと思うから……じつはそこの然るべき医師に自分のコネをつけてあるから……などといい、なにやら黒田が危険な孤立状態にあるらしい様子なのでありました。

（「詩と思想」一九八四年十月号「黒田喜夫よどうも」より・木原啓允）

木原と関根弘が、その数カ月後に寝台車で黒田を清瀬へ搬んだ。吉村先生から僕を通して木原へ、空きベッドができ、転入院が可能になったことを連絡したのであろう。黒田を搬んだのは霧が立ち込めていて春のことであったろう、と木原は書いている。四月であった。

黒田は翌々月の六月に吉村先生に膿胸の根治手術を受けた。先生からも岡山の僕のところへ、手術がうまくいった、という連絡を受けた。あれほどの手術をこなせる医師はそうはいないであろう。名医と言ってもよい。その手術後黒田は、吉村先生に全幅の信頼を置いていて、のちに不整脈発作や腎結石などを患うが、こうした肺以外の病気の治療も吉村先生を頼っていた。黒田からは「頻尿が起って血尿が出た」などと、その後広島へ移った僕のところへもその都度電話があったし、また吉村先生にも相談していたようであった。吉村先生もまた、黒田のことであれば快く専門外の病気を診て下さった。病院の休日などの散歩のとき、ときどき竹丘二丁目の黒田の都営住宅にふらりと立ち寄られることがあった。病院の医師が、患者の自宅を診察以外に訪ねるということは、その二人の間柄が患者・主治医の枠をこえて人間的な共感で結びついているということである。それだけに手術をうけて二十年後、一九八二年九月に吉村先生が肝臓癌で亡くなられたことは、黒田にとっては大海で羅針盤を失った船の思いがしたであろう。

この年の十月、関根弘は激しい腹痛で発病した動脈瘤解離のため、東京女子医大で深夜の緊急手術をうけて、あやうく一命をとりとめた。その数年後に、彼は腎不全で人工透析を受けるようになる。僕が『御庄博実詩集』を上梓したころであった。

『御庄博実詩集』を病院のベッドで読みました。「列島」の頃を思い出しました。一人感慨深いものがありました。占領軍時代、朝鮮戦争、そして食料難。これが僕たちの詩をとりまく状況だったわけです。そして病気。

飽食の時代がひろがって、薄々また飢餓の思い出がよみがえりました。この詩集を読んで、いままでよく知らなかった自伝的要素も明らかになり、ぼくたちが「荒地」派の詩人たちと同じ戦後派でありながら、いささか階級的ニュアンスを異にしているということを再確認しました。

「岩国組曲」は力作ですが、ぼく自身の作品の好みからすれば「うず潮」あたりに襟をただす思いがあり、出色のものは「十字架」だと思います。これはまさしく絶唱というべきものです。壁新聞にして多数の人に読んでもらいたい作品です。

近作も、なかなか余裕のある書き方で、良いと思いました。雀百まで踊り忘れず、立派なことだと思います。水島コンビナートを一緒にみてまわったことも思い出しました。

御庄博実の詩集を病院のベッドで読む。これもひとつの因縁かと思いました。

（一九八七年七月五日、関根弘からの手紙より）

関根の宿痾発作にからんで、やや話が前後した。

吉村先生の亡くなられたあとの黒田には、これまで入退院をくりかえしていた国立東京病院で頼れる医師がいなくなったのであろう。翌八三年十二月、呼吸不全で再度の入院をした病院の医療に納得せず、自ら強引に退院した。三千代夫人から連絡を受けた僕は急いで上京し、結核研究所清瀬病院を訪ねて、黒田の治療をお願いした。納得した黒田は一月十三日入院、「世話になるなあ」と喘ぎながら声をもらしたが、五月下旬まで入院した。

一時小康状態を得た、と聞いていたが六月末再度呼吸困難となって入院、七月十日に永眠した。このとき「今度は帰れないかも知れない」と三千代夫人にもらしていた、という。

純粋なまでの孤独、曖昧さへの峻烈な拒絶、壮絶なまでの呼吸飢餓、これらを頒かちあえてもらえる医師は黒田にとっては亡き吉村先生だけだったろうか。

枕頭の
息迫る三十行の詩の
切断に　わたしの酸素はいらぬ
わたしに鎌をくれ
と書きつけたが断ち切れず
次の行は歩みに入った
小康の午後から覚えなく折れ曲った
だが見えない鎌を片手に生やしつつ
歩むというのは　いまの白昼夢の
慰めにすぎぬ

（黒田喜夫「涸れ川の岸で」より）

四年後、一九八八年四月に菅原克己が逝き、さらに九四年には関根弘も鬼籍に入った。

戦争と占領と飢餓のなかでの連帯と共感の時代はとっくに去ったのだ。飽食と虚飾と孤立のなかで、新しい詩精神の開拓が求められているのであろう。

（「現代詩手帖」二〇〇〇年一月〜六月号に連載）

閃光に灼かれて、いま…

——在韓・五十六年目の原爆症

僕は海峡をこえて陜川（ハプチョン）にやって来た。広島での被爆者の、李順基（イ・スンギ）が、五十六年目の今年「原爆症」を発病したのだ。彼は死の告知を受けて失意の底で故郷へ帰っていった。僕は、その彼を訪ねてやってきたのだ。

五十六年前、広島はたった一発の原爆で壊滅した。広島の原爆被爆者は三十～三十五万人（正確な数は不明）、そのうち約五万人が韓国人であったという。

八月六日の翌々日、僕は広島へ入市した。

僕の学友、僕の恋人、僕の恩師、ボート部の先輩……やっとそこまで汽車が開通した己斐駅へ降りた僕は、市電の己斐線をたどりながら、一望焦土となった広島を、福島町——土橋——相生橋——八丁堀と歩きつづけた。

大きな街路の瓦礫は、人が歩ける幅であらかた片付けられていたが、川岸には男女の区別もつかない、火ぶくれ水ぶくれた屍体が数体、背腹もわからぬままに杭に引っかかり、流れることもできずに浮んでいた。路傍には馬の黒こげた死体が天空に足をひきつらせていた。練兵場の方向であがっていた煙が、屍を焼いていた煙か何かは思い至るすべもなく、僕は吹き飛ばされて黒こげた電車や、垂れ下がっている送電線をよけながら、崩れ残っている建物の影を手当たり次第に覗いていた。

福屋の二階で軍需省の仕事をしていたボート部の神谷さん、探さなければならないM子さん、福屋や、キリンビヤホールの残骸の、床に並べられた、負傷者とも、死体とも言えぬ無惨な被爆者の一人ひとりを覗き込むようにして探し続けながら、いいようのない絶望感と、憤怒と、悲しみとが、めまいがするほど僕を激しく打ちのめした。

一日中、灰燼の荒野を歩き続けた僕が、己斐駅にたどりついたときは、もうおそい夏の夕暮れが始まっていた。

申し訳ばかりの駅のベンチに、ガーゼに両眼と口だけをくり抜いて、焼け爛れた顔に貼りつけている、両手の皮もずりむけて指先から漿液をたらしながら、幽鬼のような被爆者が並んで座っていた。いつ来るか、いつ出発できるのかわからない汽車を待っているのだ。僕は正視するのに耐えられず、少し離れた市電の平たいホームに放心したように立っていた。足もとで、ウウウ……と声にならないような声をきいた。見ると半裸の青年が線路の傍に倒れている。何か手助けでもと、そばへ近寄ると、うつぶせた青年の左胸が、何に切り裂かれたのか数センチ、深い傷を受けていて、そこから、青年の呼吸が、ブブと血泡となって吹き出しているのだ。僕はなすすべもなく凝然とその傷口の血泡の呼吸を見つめていた。そのとき、僕は、その血泡の中から一匹の金蠅が這い出してくるのを見た。そして二、三度身ぶるいして、また血泡と一緒に金蠅は青年の肺の中へ入っていた。

僕のその日の記憶はここで途切れている。

M子さんの死を聞いたのは、それからずーっと後のことだった。岡山の学舎に帰っている僕のところへ、姉からの便りであった。

韓国人被爆者のこと

その年の末までに被爆して死んだ人を直爆死というが、その数は約十万人とされている。五万人の韓国人被爆者は約三万人が死に、一万五千人が解放された祖国へ帰り、五千人が国内に残った、といわれる。被爆者のうちの二割、直爆死のうちの三割に近い犠牲者が韓国人被爆者であったのだ。

陜川は慶尚南道の伽耶山系にかこまれた広くはない盆地にある。一九一〇年、日韓合併が強行されてから、韓国の農民は土地を奪われ、経済的にも苦境のなかに追い込まれ、外国への移住によって生活を計った人も多い。折から日本は脱亜入欧・富国強兵をかかげての急速な産業構造の改変のなかで、労働力不足が深刻となり、半島からも多数の労働者が出稼ぎに来た。

広島は日清・日露の両戦役の出撃拠点であり、日清戦争では大本営が置かれて、海陸の一大軍事基地となりつつあった。造船・重機をはじめとする重工業などの起業が盛んで、より多くの人手が必要であった。たまたま陜川出身者が広島に移住、いくらでも欲しいといわれる労働力を、自分の血縁、知人から呼び寄せる、ということで、働き口なら陜川→広島のルートが人づて、口づてに広がった。

李順基も父親が広島に職を求めてきて、彼は広島市内の江波で生れ、江波小学校高等科を卒業した。次いで三菱重工の養成工となって教育・実習を受けていた。彼にとって広島は出生の地であり、まるまる少年期を過したふるさとなのだ。

原爆が落とされ、戦争が終わって、解放に沸く祖国へ帰った李一家は、すでに故郷での生活の基盤を失っていた。とくに山村の陜川の生活は困窮を極めたという。そのために陜川に帰った多くの被爆者は、生活の糧を求めて、ソウルへ、釜山へと散って行った。

李順基たちは、ときに山に入り松の皮を剥ぎその白い甘皮を削ぎ集め、雑穀と混ぜて粥にして飢えをしのいだ、という。

朝鮮戦争の戦乱をくぐり抜け、ようやく日々の生活が安定したのは、半世紀後であった。生れた土地の広島への郷愁断ちがたく、友達と語らって連絡船で下関へ、そして再び広島の土を踏んだのは一九九四年、まさに五十年ぶりであった。街の変貌には驚いたが、生家近くを訪ねると露地や昔の古い家も残っていたりして、とてもなつかしかったという。

在韓の被爆者について、韓国政府は勿論、日本政府も何もしてくれないというので、長崎で被爆した孫振斗さんが一九七〇年、日本での治療を求めて密航してきた。福岡で争われたこの裁判は、大きな反響を呼び、一審、二審、更には最高裁までの争いとなり、在外被爆者にも被爆手帳を交付させる勝訴となった(一九七九年)。

これを契機に、日・韓両国で在韓被爆者の渡日治療が数名ずつの規模で始まったが、五年間の期限つきの政府間協約であったので、八六年に打ち切りになった。それからはボランティアによる在韓被爆者渡日治療委員会が、残された被爆者の渡日治療を支援することになった。

被爆者医療の特殊性は、その晩発的影響の深刻さにある。しかもそれは殆んど表面的にあらわれることなく進行する。潜伏性、無自覚性、非特異性、複雑性、遷延性の五点が特長といわれる。何の症状もなく自分にも判らず、これといった目立つこともないままに深く静かに潜行し、一度発症すると容易には治らない。

韓国被爆者の殆んどが放置されている現状が判明するなかで、民間レベルの渡日治療はますます重要性を増し、日本政府の打ち切り以降、希望者の要求は手にある程となった。資金もないボランティアの援助では、数名ずつの希望者を受け入れるのが精一杯であったと、広島キリスト教会の金信煥牧師らは嘆いていた。

平和公園のドングリ、陜川に育つ

李順基が日本での病院受診を希望し、渡日治療委員会を通じて、私の勤めている病院へ入院してきたのは九六年であった。

痛風、糖尿病、狭心症などの軽い病状で、三ケ月の治療を終えて帰国した。

翌年彼は、当時七歳で被爆した従姉妹の趙英点（チョヨンジョン）を伴って、彼女のための被爆手帳の申請に来日した。このとき、声の異常から、日赤病院で初期の喉頭癌を発見されて、放射線治療を受けた。篤農家の彼は月余の入院中に、平和公園のドングリの実を拾って帰り、故郷の畑に、ビニールハウスでこれを芽吹かせた。

平和公園のドングリが、韓国のヒロシマと呼ばれている陜川で、緑の若葉を伸ばしていると、僕らの「原爆被害者の会」の役員会では楽しい話題となった。

李順基は、四年後の二〇〇〇年一月、渡日委員会を通じて二回目の入院をしてきた。

このとき彼は、病院で治療を受けて陜川に帰った仲間たちが、入院中に受けた同じ「被爆者の会」からの友情の交歓がうれしかった、忘れられないと、原爆被爆者の会同士の「姉妹縁組み」の意向を、陜川支部から託されてきた。これは一年余の経過をへて、二〇〇一年四月に二つの被爆者の会同士が「海峡をこえて結縁」ということになったのだが……。

李順基はこの二回目の入院のとき、胃体上部に胃癌を発見され、胃全摘出手術を受けた。癌は一・五センチ径のあまり大きくないものであったが、切除するとすでにリンパ腺に転移があった。二次リンパ腺、一部三次リンパ腺まで切除の念を入れたが、病理検査部からの報告書には「低分化充実性の腺癌で……」（標本No.00-331）と、かなり悪性度の高い予感をにおわせた。予後への懸念、半々というところであった。

原爆被爆者に、癌が多発するのはよく知られている。最も早くは数週間後に血液の癌と呼ばれる白血病の発症がはじまり、ついで甲状腺癌、肺癌、乳癌と五年おくれ、十年おくれで多発してくる。一九八〇年頃から三十年おくれで胃癌、大腸癌、卵巣癌、皮膚癌の発症がふえはじめた。更に四十年おくれで骨髄腫がふえはじめている。被爆者の健康上の憂慮はこれからも少なくなることはない。

胃全摘出手術後、順調な回復をみせていた彼は、ビニールハウスで三十センチばかりに育っているドングリの本当の名前は何か？　という。「被爆者の会」の井出本さんが彼と一緒に平和公園に行って樹を確め、翌日市役所の公園課で植栽図を閲覧して、そのドングリの植物名が「アラカシ」であることを確めた。

帰国後、陝川から「平和のドングリは、露地にあったものは、寒さか、乾燥かでみんな枯れていた……。温室のものは大丈夫だった……」と便りがあった。

放射線の晩発的影響——遺伝にもふれて

広島は、僕の青春の輝かしい学び舎の街である。その街が一発の原爆で、無惨に壊滅した直後に、痛苦の声をあげている市内を彷徨し、そして戦後の混乱期に広島での詩運動に参加した。忘れることのできない記憶である。

一九七七年、広島共立病院へ赴任して以来、被爆者医療は病院の医療課題の重点のひとつであった。医療生協の「原爆被害者の会」を組織し、被爆者の声を病院運営に反映してきた。

被爆体験記『木の葉のように焼かれて』を出版し続けてきた名越操さんが、被爆後十五年たって生んだ史樹君を、四歳での白血病発病、五年間の闘病ののちに亡くしたことを、彼女は僕の院長室を訪ねてきて泣きながら話してくれた。

……史樹は原爆に灼かれたのだ……と。

二十年前の八月六日
目もくらむ
熱い
何千度の原爆は
私を焼いて
私の皮膚を突きさし
十五年も経って
生れてきた
私の子どもまで
焼いてしまったのです

（名越操「ひろしまの詩」より）

　もしも
史樹が逝ってしまうなら
史樹を抱いて
　化石になりたい

（日記より）

名越操さんはその五年後に原爆症で、血を喀きながら、史樹君のあとを追った。

僕のなかでこの課題は消えることなく、ようやく各種の資料を見直して「原爆放射線の遺伝的影響」（「日本の科学者」三十一巻五号・丸屋博・一九九六年）として小論をまとめた。日本の医学界が否定し続けている遺伝的影響について、被爆三世における自然流産児の奇形多発、また被爆二世の白血病の増加などについて、ひとつの見解を提示し、責任の一端を果たした。

僕は千人を超す被爆者を診察してきた。診察室で被爆者を診るたびに、その背後にかくれている放射線の影をみる。ときにはげしい閃光が患者のなかで爆裂するのにおびえながら……。

大量下血して死んだOさん。再生不良性貧血で逝ったMさん。膵臓癌のFさん……。みんな三十年おくれ、四十年おくれの「原爆死」であったのだ。

一九九〇年から私たちの病院で受入れのはじまった在韓被爆者の渡日治療は、私たちの「原爆被害者の会」と、異郷にある被爆者との、連帯と共感の線上にあった。

　李順基が陜川で育てているという「平和のドングリ」も消えていった幾万かの「いのちの歌」と被爆者の間で喜ばれたのも当然であろう。李順基は、一すじの地下底流となって、ヒロシマと陜川を緑の「いのち」でつないでいるのだ。

　僕は昨年秋、韓国原爆被害者協会・陜川支部を訪ねた。被爆者の会同士の「姉妹縁組み」の打ち合わせのために、支部長の安永千氏に招かれたのであった。

　私たちの病院で治療、退院して帰った誰、彼と、親密な交歓を復活した。胃全摘出手術後の李順基は、そのころようやく体力を回復し、すでに僕の身長ほどにも育っているドングリの畑を、誇らしげに案内してくれた。

　明日はたまたま李家の墓祭の日である、という。李家は両班（ヤンバン）で由緒正しい血統というが、植民地下の広島転住と原爆被災での貧窮のどん底からやっと立ち直っていた。僕もその墓祭に参加させてもらった。

小さな石壘　一本の石塔
十六代　三百年
風と　光と
白く曝された時間

黒い頭巾　黒い道服
朝鮮李氏の末流という
〈維歳次……〉からはじまる
李順基（イ・スンギ）の祭文

幾段かに並んだ
十いくつかの
墳丘の枯れている茅に
山海の幸を供え
新米のマツカリを捧げる

墓祭のあと
くるまざの

飲吸（フンボク）に風が流れる
カチカチと空を叩く
かささぎの啼鳴
晩秋の陽が
族譜を刻んでいる

掌から
幾百年かの
歳月がこぼれる

李順基・癌再発

癌治療を受けた被爆者は、一年後その経過を見るために再度の渡日入院となる。

李順基も今年一月、共立病院へは三回目となる入院をしてきた。胃内視鏡で、手術痕はきれいであったが、CT検査で、肝臓に径2センチくらいの小さな影が映った。穿刺生検での病理検査報告書は「転移性肝癌、壊死傾向のつよい癌で、充実性に増生し、不明瞭ながら腺管様構造を呈している。この像は標本No.00‐331の胃癌切除組織と同一であり、その転移と見なされる」との返事であった。

一年前の低分化胃癌の肝転移を確認した。最も恐れていた現実である。

もはや手術などの根治療法はなく、抗癌剤による化学療法や、全身の治癒力に頼る免疫療法などの、内科的治療法しか残されていないことが主治医から告げられた。

当日のカルテ――

「癌の転移をつげる

「……

「よもやまばなし

「……

「人恋しくなりますね

「……

カルテはここで終わっている。

行間の空白に、担当医のゆがんだ顔がある。

李順基は、その翌日、僕にも黙って陜川に帰っていった。

僕はいま七十六歳で、とっくに現役を退き、週二回、名誉院長として診療の手伝いをしている。

週が明けて李順基の入院しているはずの病室を見舞ったら、白いシーツが寒々と広げられていた。

ナースセンターで彼のカルテを読んで、細い顎に深い皺の額と頬、奇妙に目だけが人なつこい彼の、たった一人で異郷での「癌告知」に必死で耐えている顔が浮んだ。

「五十六年目の原爆症」だ。

僕は思わずつぶやいた。

背後に果てしない暗闇を背負っている「原爆症」の無惨さに、僕は再び戦慄した。

不治の「癌告知」を受けて、僕にも黙って帰国した彼から、数日後、便りがあった。

……

この自分は何の罪があってこんなむごい罰を受けなければならないのでしょう。僕はいま、ピカに灼かれて、今でも焦げ落ちそうなボロボロのマントを被り、病魔に引きずられて、灰色の虚空を歩き回っているような気持です。

……

「人間は正視出来ないものが二つある。太陽と死だ」とロシュフーコが言ったが、誰でもが死の病に直面しては平常ではいられない。

僕は彼に長い手紙を書いた。僕は十年前、胃癌を手術で切り抜けたが、彼は「五十六年目の原爆症」につかまったこと。死を目の前にして、彼の被爆以後の変転の「自分史」を書き遺すことを強くすすめた。

月余をおいて彼からの返事が来た。自分の学力は低いが、辞書を繰りながら「自分史」に取り組みはじめた、という。

僕は彼をはげますために、もう一度海峡を越えて陜川を訪ねる約束をした。そして夫婦二人して木材を組んで建てた、という彼の家を初めて訪れた。

川土手からなだらかに降りたところの、スレート屋根の平屋建であった。それでも家内は広く、彼の書斎は廊下をへだてて庭に面していた。一隅に棗の木がある。

二月、山峡の陜川が寒さにふるえている夜、生への希望を絶たれた李順基が、絶望という石を抱いて帰ってきた。幽鬼のようであった、と奥さんはいう。先生の手紙を読んで、「自分史」に取り組みはじめて、少しずつ元気になってきた。棗の木が、今年の冬のきびしい寒さに枯れたと思ったのが、再び芽を吹きはじめてから、彼は毎日、畑へ行き、そして三、四時間「自分史」に向かっている、と。

李順基がいま「死」に対峙し、「死」をどのように許容しようとしているのか、僕にはわからない。

静かに見守ってやりたいと思う。

原郷

人の一生は
一枚の地図である

山があり　川があり
道がきれぎれに続く
赤いインキの染みもある
いつもたどった道には
手指の脂がしみついている
陜川（ハプチョン）への道だ

「五十六年目の原爆症」
あの八月六日の劫火が
いま再び燃えあがる
あなたは　いのちを削りながら
ヒロシマの日日からの
「自分史」を書く
焼け焦げた
ぼろぼろのマントに包まって
歩いてきた道
陜川への傷ついた道は
紙の裏側から血を流す

あなたの目は
僕を見つめながら
はるか遠くを見ている
濡れている　あなたの視線は
ふるさとの墳墓を射る
泣いているのは山の声
果てしなく
遠祖へさかのぼっている

五十六年間
深い海の底で
あなたは
貝のように孤独であった

ふるさとに広島を根付かせたい　と
平和公園のどんぐりの実を拾い
陜川の庭で育てる
〈ビニールを外した今年の寒さが厳しくて
生き残ったのはわずかに数本であった〉と

遠い細い声で伝えてきた

きみの「原爆症」は
いまどれほどのいのちを削っているか

あなたの視線は
僕を貫いて
あの閃光を凝視する
地底深く水脈は
黙って原郷へ帰る

（「新・現代詩」二〇〇一年秋・第二号）

時間の重さに耐えて

二十世紀が二十一世紀に変るその年の暮に、AP通信が二十世紀の十大ニュースを発表した。報道によれば「広島・長崎への原爆投下」が「ロシア革命」を抑えて一位になった。

三位がナチス・ドイツのポーランド侵攻による第二次大戦開戦、四位は米国の宇宙飛行士の月面歩行、五位がベルリンの壁崩壊であったという。

AP通信加盟の世界の報道機関七十一社が順位をつけて投票。十五社が原爆投下を、十社がロシア革命を一位に選んだ。

一八九八年キュリー夫妻がラジウムの放射線を発見して半世紀後に、広島・長崎に原爆が投下された。六年後にはビキニ環礁での水爆が、十五メガトンという広島型原爆の千倍の威力でミクロネシア諸島を潰滅させた。いま世界は核の恐怖のバランスのうえでゆれている。プルトニウムという地上最強の毒物は、人の手によってウランに中性子をぶっつけることによって作り出される。

遺伝子の秘密の二重らせんを解明したJ・ワトソンは「二十世紀の歴史が書かれるとき、わが国（米国）最大の災難は、東南アジアへの不幸な軍事介入ではなく、プルトニウムという無敵艦隊の創設である」と指摘している。僕は半世紀前のヒロシマを忘れることができない。

一九九七年二月、英国・エディンバラ郊外のロスリン研究所で一匹の羊が誕生した。クローン羊の〝ドリー〟である。世界中を驚嘆させたこの羊の誕生は、一九五二年、J・ワトソンとF・クリックが遺伝子の二重らせん構造を解明したことからはじまる。人間がパンドラの箱の暗証番号を手に入れたのである。二十世紀最大の発見といわれるゆえんである。二十年後にDNA（遺伝子）の組換え技術が確立し、その二十年後にクローン羊の〝ドリー〟が誕生することになった。そして人間の凡ての設計図を解読するヒト・ゲノム（遺伝子）計画が世界中の医学者の頭脳を集めて発足した。二十億とも三十億ともいわれる人間のDNAの塩基のうちから十万〜二十万といわれる遺伝子を探し地図化する作業は、二十一世紀も数年はかかると考えられていたが、一九九九年二月、ヒト遺伝子の凡てが解読されたという。約四万個の遺伝子のなかで、僕らの生命情報は凡て解き明かされたのだ。

自己は自己。ほかの誰でもない。生命誕生から三十五億年、想像も出来ない時間のなかでときに爆発的な進化をとげながら、五十万年前に人類が誕生した。僕らは母親の子宮のなかで受精後三十五日目に生命がたどった海からの上陸史を三日間でなぞる。最初水かきの張った手指の膜はアポトーシス（プログラムされた細胞の自殺）によって見事な五本の指になる。幾億年かの歴史を背負って、僕らは雌と雄との両親から半分ずつのDNAをもらって生まれてくる。その二重らせんのDNAは、一人として同じ僕がいるはずはないのだ。しかし〝ドリー〟は何者だ。もう一人の僕の亡霊がそこにいる。受精を必要としない生命の誕生で、処女懐胎は現実のものとなった。ヒト・ゲノムの解読で、人は完全にパンドラの箱を開いたのだ。近い将来、僕の髪の毛一本から十人の僕が誕生するであろう。

人は自在に生命を操作する技術を手に入れ、一方で地球を何十回も破滅させうる「核」の押しボタンをもっている。ホワイトハウスの抽出しにかくされているか、或は某所の地下数千メートルにある大統領の指令室にある。人間の存在についての恐怖すべき現実が、ニューヨークの世界貿易センタービルの崩壊で、バーチャルリアリズムと交錯しながら世界中を直撃した。

想像しうるあらゆる厚化粧——宗教・貧困・欲望・権力・正義・善と悪・優れているものと劣っているもの——が飾り硝子の奥でゆがめられ、相貌を変え、モザイクに錯綜しながら現われ、消えて行く。

重層的な現代文明の光と影。そのなかで僕らの過去から未来へつながる時間とは何か？　を、僕は自らの七十年の足跡のなかで拾い集めるより他にない。

僕は二千人の被爆患者の診療を行い、幾千の被爆とそれにまつわる物語を聞いてきた。人の記憶は時間のなかでボロ布のように腐臭を放つが、ときに暗い霧の中の稲妻のように突然輝き、戦慄し、燃え上り、そしてまた過去に蓋をしながら素知らぬ顔をしてうすっぺらに鋪装された時間の道を歩いてゆく。僕は足もとで掘りかえされた泥まみれになった仮鋪装の道の、一瞬閃光のように輝いた記憶の時間の、濡れしょぼった一枚の落葉を拾い集めたい。

新緑に輝いていた五月の風は吹いてこないか。そのわくら葉を乾かし、磨きあげて、美しい葉脈の網目を浮びあがらせることで、僕の時間という部厚い本の頁を飾る栞になしうるのでないかと思う。

「時間は二重底になっている」というカフカの言葉に一撃を受けながら、失った時間をどのようにとりもどしていくのか、僕の足もとに散りしいている落葉を一枚ずつ磨きあげるより方法をもたない。

本文を書いている最中に、在韓被爆者の李順基の訃報が入り、僕は再び海峡を渡って陜川の彼の葬儀に参列してきた。白い喪服の葬列のアイゴーの声のなかに、彼の焼きつく視線を見た。「残してゆく妻が……」と最後に絶句した彼の「自分史」を完成させてやらねばならん。僕の掌に残された被爆五十六年という時間の重さに耐えながら。

*

詩は、その時代の文明の批評者でなければならないと考えている。

二十才の青春の僕は、ヒロシマで一瞬、世界の破滅の谷間をのぞき見したのだ。僕は、いまでも人類の滅亡という恐怖から逃れることができないが、僕自身を含めて、人の営為に数えきれない希望も見てきている。それがたとえどんなに小さなことであっても。

二十一世紀に入って現代詩は、二十世紀に人類が手に入れた戦慄すべき先鋭的な科学技術を、その批評精神で克服せねばならない。

万華鏡のように、僕らをとりまいている飾り硝子の背後にかくされている巨大な現代文明もまた、人間の頭脳から生みだされたものであれば――。

（「現代詩手帖」一九九九年十二月号「二〇〇〇年への課題」に補筆）

作品論・詩人論

内なる「勁《つよ》さ」と「愛」を持つ得がたい人

長谷川龍生

9・11テロ以降、わたくし自身の心はおだやかではない。「戦争」に対するわたくしなりの描像が確実にひろがりはじめ、中近東におけるところのイスラエルとパレスチナの争いがすべての発火点となっている。アフガニスタンのアル・カイーダに対するアメリカ軍を中軸とする攻撃を知るたびにも、第二次世界大戦の末期、日本列島各都市の空襲爆撃をおもいだした。各都市はもろくも一昼夜のうちに灰燼と化してしまった。生きのこった人々は、ただ唖然とし、それでも神風が吹くという嘘言を信じているかのようだった。とどのつまり、広島と長崎に原子爆弾が落下し、熱線と放射能汚染にまみれた。多くの人々が被爆し、即死し、生命をとりとめた人々は、この世の地獄を体験し、つぎつぎに白血病で死に至ることになった。いま、アフガニスタンは片づいたようにおもわれているが、局地の小戦争は行われている。アメリカの緊張もつづいている。一般の死者と負傷者も多い。

そのあと、テロ組織や大量破壊兵器を保有する敵性国家に対して、アメリカのブッシュ大統領は「先制攻撃」を容認するというような判断を持っているというニュースがながれて、わたくしは、地球上の大気汚染、人的被害の甚大さを、描像としてとらえることになった。何かしら、いやな雲行きである。アメリカの先制攻撃、アメリカが戦争をはじめるのではないか、そのような不安がくる日もくる日も妄想としてうかびあがってくる。防ぎようがない。平和に見える日本国家の地上に棲みついているが、心のどこかに暗い影がただよい、落ちつかない日常がすぎる。

わたくしは、この一年ばかり以前から、広島に居る御庄博実を想いつづけている。原爆および原爆症に立ち向い、それとたたかっている一人の詩人、医師をにらみつづけている。

もちろん、戦争にも、戦争体験にも、そこから生じてきた医療、医療体験にも立ち向いつづけている彼、一九二五年生れの痩身の一人の男を想う。

戦後半世紀以上を経過して、どうしても戦争体験の風化は避けられない。原爆体験にしても風化は同じであるだろう。伝承は一応精密に行われているものの少しずつ稀薄になってくる。広島に現在棲んでいる人々は、ほとんど戦後にこの地に移ってきた人々であるだろう。そしてその世代もしだいに現世から立ち去っていく。日本列島の空襲爆撃に打ちのめされた各都市においても、悲惨な戦争（沖縄戦）にまきこまれた南の島々においても、程度の差はあれ、同じことであろう。問題は事実の伝承である。そのインパクトの強さが新しい世代に正確に感度ふかく受け継がれていくことがのぞましい。いまは、もう、風化とのたたかいに明らかに入ってきている事実に直面している。

そのとき、原爆詩を想う。戦争反対詩を想う。原爆詩集を想う。風化の波浪をのりこえていくドキュメンタリイ作品、文芸作品の数々を想う。時代の変化に対応して、生々しく強烈にのりこえていく詩作品、後世の読者の肉質にまで喰いこんでいく芸術作品、それらの作品群は、多くあればあるほどのぞましい。

そして、その伝承の本質は、戦争をくい止める力になりうること、戦争をおこす勢力に対して、感性的にも、倫理的にも、現実的にも、すべての面において打ち克つことが可能となること。そのことをしきりに想うが、伝承の普及化がこまかく、いつまでも、いつまでも精密に行われること、濃霧のように襲ってくる大風化の波に、絶えることなくコトバの力量を発揮することを、わたくしは人間の底力として、また一つの信念として希求するのである。

御庄博実の「岩国組曲」からの五章「烙印」の詩作品は、くりかえし、くりかえし読むほどに、原爆が落ちる朝のひとときが、戦時下の、やや荒れたような、やや沈黙に打ち伏したような、農地と飛行場の風景が導入部となっている。同世代のわたくしとしては、幾度となくこのような風景に遭遇したことがあり、何かしら老いも若きも戦時体制に疲れ果てて、風景の実体も呆然として疲れ果てて、なすすべがないような時空間に追いつめられているリアルな状況がこの作品に描写されている。その病んでいる光景がありありと甦ってくるのである。ああ、日本の戦時下の怒号と帯革のひびきだけがあるその時空間に、このわたくしも実在していたという記憶は、現在でも烈しくつきあげてきて、忘れることはできない。

そして、その次の瞬間に、尖光がひらめく、地核をゆるがす響き、原子爆弾が炸裂する。そこからは、実体験としては全く入ることは不可能である。あとは、すべて、御庄博実の追体験を曲りなりにも想像力化して、わたくしなりにイメージ（描像）を展開していきながら、偽似体験をつみかさねて、細部に至る。——そのあと、映像で直面した原子雲、ドキュメンタリイ映像で直視した被爆者の列、土門拳の写真集で凝視した被爆者一人一人の被爆の傷あとが一つ一つ、ぬぐうことができない証拠物件としてかさなり、この詩作品を読ませてくれるのであるが、読みくだいていくうちに、感情移入が深くなり、相対化の中に一つの新しい体験の発見が身についてくるものなのである。わたくしは、そのことについて、目を見張るものが動悸として感じとることができ、深い追体験の背板にうら打ちされているのを確認できる。つまり、この「烙印」という詩作品は、わたくしの原爆追体験の風化を完全に防禦しているのである。

過ぎ去っていく時間、時代、その風化は凄じい速さをもっているが、その波浪の中に毅然として立ち、また能動的に働いているのが御庄博実という詩人であり、本名丸屋博という医師である。それは、「烙印」という詩作品に現れているだけでなく、詩集『岩国組曲』全体の一篇一篇に言えることであり、そのあとに世に問うた『御庄博実詩集』『御庄博実第二詩集』にも明確に言える。また丸屋博として論述した著作『公害にいどむ』『大気汚染と健康』、論文「原爆放射線の遺伝的影響」にも一貫して読みとることが可能である。

まことに得がたい人間であり、時代が風化に洗われるにつれて、ますます、その実在の姿態が、現実の上で明瞭になってくる。べつに眩しいのではなく、素直に、意志がつよく、作品を、論述をとおして、読者にひびきわたってくるのである。もちろん、実在はありのままの生活態度をとおして、接している人たちに如実に判ることであろう。くりかえして言うが、まことに得がたい。

この御庄博実が一九五一年の三月、一篇の反戦詩で岩国警察署での取り調べをうけるのであるが、その作品は、「失われた腕に」というタイトルであり、ひっかかったコトバは「飛行機虫」というのであった。それが米軍の飛行機のことであり、詩ぜんたいから政令三二五号（占領軍行為阻害令）違反容疑というかどで発行責任者とともに逮捕されることになったのである。この「失われた腕に」という作品は、明らかに反戦詩であり、十三行の短いものであるが（最近になって、わたくしは知ったのだ）、大いに愉快なものであった。時は朝鮮戦争の頃である。岩国は米軍の基地であり、占領下であるために、「飛行機虫」というコトバ一語にも、占領軍側は神経をとがらしていたのである。御庄博実の方は「飛行機虫」という虫がいると言い張ったようであるが、検事の方はそのことになかなか納得しなかったようである。べつに名誉なことであると言うのではない。取調べには消耗したようであるが、若さの気骨があり、やがてそのうちに不起訴になった。

二〇〇二年の二月頃であったか、わたくしは深夜まで起きていて、NHK・TVの深夜放送のボタンを押したのであるが、その画面にまざまざと御庄博実が出現したのである。わたくしは何かあるのではないかと、喰い入るように画像の近くまで這っていった。彼は走っているバスにのっていて、窓外にながれている風景は、韓国の釜山から山峡の陜川（ハプチョン）に至る途中の景色であった。その目的地には「韓国原爆被害者協会陜川支部」があり、会う人は李順基（イスンギ）という原爆被害者であった。李順基は広島で生れ広島で育った。高等小学校を卒業して三菱重工業の養成工のとき被爆した。韓国へ帰ってからも日本語の勉強をつづけていたという。李順基は渡日治療者で、広島の共立病院に二度にわたり入院してきて、胃にがんが見つかった。その全摘手術をうけたのであるが、三度目の入院のときに肝臓への転移が判明した。癌告知に必死で耐えている李順基の顔を想いながら、御庄博実（丸屋博）は「五十六年目の原爆症」だ。と、つぶやいたのである。

そのときから手紙のやりとりがあって、御庄博実（丸屋博）は、「がん」とのたたかいに向っての精神的な支えとして、被爆以後の変転の「自分史」を書くことをつよくすすめたのである。李順基は「自分史」を書くことに、死期の日がくるまで、専念し努力するのである。

御庄博実（丸屋博）と李順基との関係は、もっともっと多岐に密接なのであるが、とつぜんにＴＶ画面を観たわたくしには、深い一筋の愛の絆だけが見事に張っていて、お互いに「仁」（じん）という因果につつまれているような気がし、最後の方では、おもわず泪がこぼれてしまった。おもいやり、いつくしみ、相互に人格を尊敬し、何んという人間性のあるやさしさが溢れているのだろうと想った。一種のさわやかさがあると同時に、李順基には静かな矜持があり、それが逆に哀しかった。

人の一生は
一枚の地図である
山があり　川があり
道がきれぎれに続く
赤いインキの染みもある
いつもたどった道には
手指の脂がしみついている
陝川（ハプチョン）への道だ

「五十六年目の原爆症」
あの八月六日の劫火が
いま再び燃えあがる
あなたは　いのちを削りながら
ヒロシマの日日からの
「自分史」を書く
焼け焦げた
ぼろぼろのマントに包まって
歩いてきた道
陝川への傷ついた道は
紙の裏側から血を流す
…………

きみの「原爆症」は
いまどれほどのいのちを削っているか

あなたの視線は
僕を貫いて
あの閃光を凝視する
地底深く水脈は
黙って原郷へ帰る

（「原郷」より）

御庄博実のこの作品の内底には、李順基に対してだけに限られたものではなく、一筋の重い、広い強靱な「愛」と、その「やさしさ」が存在している。静かに国境をこえている。いかめしい国境は存在しているが、「愛」と「やさしさ」は、はるかにそれをとびこえているのである。その人間性の大きさは、まことに得がたい。

一人の超大国に居る権力筋の人物が、その国の士官学校の卒業生たちを前にして、「かつての冷戦時代のような核抑止力戦略では、今の時代、これから来るだろう恐るべき時代の動きを阻止することができない。いまや気の狂った独裁者たちが大量破壊兵器、生物兵器などを持っている。それらの兵器をミサイルに搭載し、あるいはテロリスト同盟国に密かに輸出しようとしているからである。――手をこまねいて長い時間を待ち続けることはできない。テロに対する戦争というのは防衛的な戦略によって勝利をつかむことは不可能なのである」というようなことを言ったようである。そのあと、よく新聞紙上に、「先制攻撃」の戦略態勢らしい記事が見えかくれしている。この「先制攻撃」に関して、核がどのように使用されるのか、使用されないのか、どちらにしても、不安で、戦争に対する怖れが、わたくしの内部に、暗くうごめいている。日本の行方は、いったいどのような方向にすすんでいくのか、日本の文学者や詩人たちは、どのように考えているのか、本筋のところをおさえこんでいるのか、他方に気をそらしているのか、危機が眼前に見えてくるまで、わからないままで、時をすごしているのか、よくよくは判然としてはいない。このやりすごしのような心の持ち方が怖しいのである。

そんなとき、ヒロシマ、ナガサキの原爆に関する文学作品を、くりかえし、くりかえし、読みくだいていく必要性が存在している。

そこには、その時代、二十世紀最悪の情勢が存在し、残虐無比な困難性がじっくりとうずくまっている。また狂ったように、いや、狂いそのものになって、立ちはだかり、暴れまくっている。このような情勢、状況を二度とくりかえしたくはない。御庄博実という詩人を想いつづけているのは、その抵抗ぶりと、「愛」と「やさしさ」の原点を烈しく見つめていることに変化していく――。その営為であり、貴重な生活思想であることがのり移ってくるのは言うまでもない。

（2002.8.25）

戦後叙事詩の可能性

――御庄博実「岩国組曲」を中心に

北川透

御庄さんは、いつ頃から詩を書き始めたのだろうか。わたしたちがいま読むことのできる、彼のもっとも若い頃の詩は、「姉よ」である。一九八七年に刊行された『御庄博実詩集』の巻末「作品初出一覧」によると、これは「新山口文学」の一九五〇年二月号に発表されているから、この時、作者は二十四、五歳だろう。とすると、たぶん、これより以前にも作品はあるだろうが、自覚的にはこの地点に、作者の詩の出発はあるのではないか、と思う。

この「姉よ」には自分が入院している結核療養所に、正月の二日に見舞いにきた姉の姿がうたわれている。三日も徹夜して働いてためた百円紙幣を五枚、病に伏せる弟の手に握らせる。その手はヒビ、アカギレ、ヤケドに痛め付けられていて、姉の生活苦や暗い青春を想像させる。姉と弟の情愛が伝わってくる素朴な生活詩だが、それを通して、戦後の貧しい風景も映し出されているのである。

雨傘もなく
灰色の氷雨に濡れながら
正月二日の一刻を惜しみ
今――
あなたの痩せた怒り肩が
療養所の坂を下って行く

（「姉よ」最終連）

たぶん、これは本当に作者が経験したことなのだろう。わたしは御庄さんより、十歳ほど年少だから、この頃、新制中学三年ということになるが、この未来を閉ざされていくような暗さ、そのなかを氷雨に濡れて坂を下っていく、《怒り肩》の姉に向けられる視線に、同時代的な共感を覚える。

この作品を初めとして、一九五〇年六月の「盲目の秋」、五一年五月の「うず潮」は、いずれも御庄さんの家族の戦中、戦後の悲痛な受難が扱われている。いずれも力作で、この詩人にとって、一家を襲った戦争の傷跡が、いかに深いものかが、おのずから示されている。わたしはこれらの詩の中でしか、御庄さんの家族のことを知らないが、それによると、彼の二人の兄は戦死し、一番上の姉は広島の原爆で亡くなっている。しかも、貧しい家計のなか、父の期待を受けて大学に進学した三男、つまり、御庄さん自身も、就学途中で結核を病み、大量の喀血をして死線を彷徨うことになるのだ。特に「うず潮」は、こうした一家の受難を自分の父親の姿を通して語っていて、ことばの使い方は不器用だが、密度の濃い散文詩だ。どの文末も、《おぼえている》ということばが繰り返されている。むろんそれは苛酷な運命に耐えて生きる父の姿、光景を覚えているのだが、それは同時に御庄さんの詩と生の原景にもなっているのだろう。

……戦争が始まったときも日露戦争の傷を思い出して子供のように首を横に振ったが、何一言もいわず長男と次男が赤い紙を受け取ったときにはただ出陣の宴の盛んなることをだけ願い、それでも一言「生きて帰れよ」と言った言葉が、六十になった十五年のヤモメ暮らしのせい一杯の叫びであったのに、またたく間に二通の公報が舞い込んだときには涙も忘れて火鉢の側に崩れるようにしゃがみ込み、力の無い喘息にせき込んだ折れるようにしなびた首をおぼえている。八月六日の原子爆弾が夢のように地球を吹き飛ばしたとき嫁にも行かず力になってくれた長女を失い、まだ焼け跡の火照りにカッカッと焼ける煉瓦の中を髪の毛でも落ちていはしないかと、三日も四日も白痴のように立ち尽して飯も食べるのを忘れて真暗になってから帰って来、まるで牢獄へでも入るようにこっそりと焼け跡の壕舎へ消えていった後姿をおぼえている。（「うず潮」部分）

わたしがこれらの詩に注意するのは、御庄さんが、その後も、いわゆる戦中・戦後の状況や広島の原爆の災禍をうたい続けることの意識の根底に、こうした家族の受難ということが見られるからである。それらは決して癒されることのない内面的な火傷のように疼いている。それは政治スローガン的な意味には還元できないからこそ、繰り返し詩のモティーフとして甦るのであろう。その最初の結実が、一九五二年一月に発表された「岩国組曲」である。

わたしはこの「プロローグ」と「エピローグ」の間に、「カデンツア」を挟んで全十章からなる壮大な長編叙事詩が、直接にどういう契機があって書かれたのかを知らないが、先のようなモティーフがなくては不可能だろう。戦後の詩は、敗戦から五年を経て、ようやく戦争（戦中）と戦後を連続する時間において、そして、それを個人的な内面風景として、全面的に対象化する作品をもったのである。作品全体の流れを追跡しながら、この詩が書かれたことの意味を、ここで少し考えておきたいのは、これが戦後における叙事詩の可能性を孕んでいるからである。

わたしたちの戦後詩は、戦争と敗戦という未曾有の経験をしながら、それをうまく対象化する方法をもたなかった。むろん、そこには太平洋戦争下の無惨な愛国詩や戦争詩の後遺症があり、また、それの単なる裏返しに過ぎない、イデオロギー的な左翼の詩があった。本当の意味で歴史的な経験を、内在的な視点からうたう叙事詩の試みに困難は避けられない。しかし、御庄さんはその困難を、この「岩国組曲」で自分に課しているように見える。他にも、「私は鳩」の連作や、「組詩「ヒロシマ」」など、『御庄博実第二詩集』の〈I〉にまとめられている後の試みにおいて、同じ方法は見られる。そして、作品としての達成度は後者の方がはるかに高い。しかし、「岩国組曲」が他に例のない試みだったのは、それが歴史の内側から、歴史を突き破るようにしてことばが出ている叙事詩だったからである。わたしは、今回、初めてこの作品を読んで驚いたが、戦後詩の遺産を混沌とした多様性として見るためにも、こうした試みの再評価が必要だろう。

さて、この詩の舞台になっている、岩国は広島と隣り合った彼の故郷の町であり、そこには、また、戦争下に彼が入院していた国立岩国病院がある。「プロローグ」の冒頭は、こんな印象的なことばから始まる。

黄塵が立ち、黄塵が立ち、遠い大陸から東支那海を超
　えて黄色い塵埃が降ってくる。
日独伊、三国防共協定。
日独枢軸国——枢軸……——枢……
それら小さな活字の上に黄色く塵埃は降り、人々の脳
　髄を染めて思考は正確な文字をたどることも出来な
　い。

（「プロローグ」第一連）

黄塵は日本では黄砂とも呼ばれることの方が多い。広島、山口、島根などの中国地方では、特に春先の偏西風に乗って、中国のゴビ砂漠や黄土高原を発生源とする黄砂が飛来する。中国大陸では台風並みの黄色い砂嵐になるので、〈黄塵暴〉と呼ばれるらしいが、詩人もそれにならって黄塵と呼んでいるのである。むろん、黄砂と言っても、眼に見えないほどの微粒子の大気現象に過ぎないのだが、それは濃霧のような働きをする。そのために活字の上にも、脳髄の中にも立ち篭めれば、日独伊の三国同盟の意味は見えなくなってしまう。当時、岩国に住んでいた詩人だからこそ、身近に見られる黄砂現象を引

くことから、詩をはじめることができたのであろう。すでに〈支那事変〉は始まっている。黄塵は日中戦争とも重ね合わされ、戦争の比喩にもなっている。それによって、真相がかくされたまま、日本が太平洋戦争の《沈黙の狂乱》に突入していく状態が語られるのである。

第一章「幻影」は《岩国海軍航空隊建設用地》として、農地の買収や建設作業が描かれる。農民たちは、戦争に勝つという名分のために、土地を取り上げられても耐えるしかない。第二章「戦火」は飛行場とともに淫売屋も出来、朝鮮人労働者も働く光景が映し出される。こうした故郷の地方の風景の激変のなかで一九四一年十二月八日、太平洋戦争の勃発の日がくる。それを受けて、第三章の「別離」が始まる。ここでは《遠くから響いてくるティンパニーとシンバルの小きざみな行進曲がやがて軍鉦の音に消されて》ゆく戦争下の状況が語られる。次郎を徴兵する一枚の召集令状によって、浮き出てくるのは家族の情景である。

燃えしきる炎柱の真黒い悔恨を囲んで、父よ、兄よ、
そして妹よ、すべての人達がよろめきながら脊髄をきしませ懸命に歩いている不思議な情景のなかに、ああ、再びどこからか響いてくる鉄鋲の穢れた規則正しい不協和音。

（「別離」部分）

その鉄鋲の音のなかに、長兄に次いで、二番目の兄の次郎も吸い込まれていくのである。第四章の「傷痕」は、一枚の花びらのように散る特別攻撃隊がうたわれる。彼らは《朝・昼・夕・三度の食餌に混ぜられた麻薬に成熟しきらぬ脳髄を失いながら、一週間の日を、明日の日を、形骸と黄塵とに巻かれ……麻薬・麻薬……の奇妙な亢奮と麻酔の連続。失われた理性。》によって《生命のない生命》にされて、自爆していく。そのイメージに合わせて、兄の次郎が戦死した公報が入る。第五章「烙印」は八月六日の朝、油照りする太陽の強い日差しの描写から始まる。その朝の一時、遠くからの閃光と、地核をゆるがすような響きが語られるが、これが岩国でとらえられた原爆投下の瞬間であろう。やがて原子雲が浮くが、惨劇はまだ予感のうちにしかない。

暗い街角を曲って塗料のまだらに剝げ落ちた黒いビル
に突当たり、折れるように消えていった不思議な風の
跫音が電光のような速度ですべての人達の足下をなが
れてゆく。
決して絶えることのなかった年月のくらいちぎれ雲の
ながれが、急に空気の断層にすべり込み、あたらしい
恐怖におびえた人々の無数の瞳が黒い涙のなかに沈ん
でゆく。不吉な予感のおそれの、呪いに似たこの朝の
幻影は一体どこからやってくるのか。
鍬の柄の冷たさも忘れてうすい角膜を剝がれるように
崩れ拡がって行く——原子雲——
その雲の下で黄色な毒汁を喀く青蛾の群れ。
ああ　そのおびただしい蛾粉のねばっこさ。

（「烙印」部分）

やがてこの超現実的な予感の幕が開けば、原爆の劫火に焼けただれて、水を求める人の群れが、岩国まで流れこんでくる。

ここで作品は「カデンツア」と名付けられた幕間を迎える。それには〈一九四五・八・一五〉という日付が付けられている。天皇の玉音放送の日の空が、次のような不快な獣のイメージでとらえられているのが、この詩人の特異な感性を伝える。

今日巨大な天体の亀裂から
黒く穢れた老獣の体液がしたたり
うらうらと鳴る肋骨をだいて
無数の蒼ざめた目玉がひかる

（「カデンツア」部分）

しかし、この醜い老獣が死に絶えた日は、決して新しい世界の誕生ではなかった。それは《昨日一片の詔書のために言語中枢の麻痺した沈黙の崩れゆくエピローグ》が、同時に《高まりゆく闘いのプロローグ》だったとしても、また別の地獄篇の始まりだったのである。こうして第六章「颱風」は《嵐の序曲》となる。《大日本帝国海軍　岩国航空隊》の歴史は閉じられ、兵隊たちの復員が始まる。もはや士官も兵も女も男もないが、《誰一人

として自らの帰るべき故郷に何等の確信ももち得ず》家路をたどるのである。そこに長兄の戦死という公報が追い打ちをかける。

第七章「生活」は、敗戦後の帰ってきた日常をとらえるのに、やや失敗している。父親の視点で農業会や農地改革のことを書こうとしたり、労働組合の運動や二・一ストやG・H・Qなどのことを書こうとしたりしているが、焦点が合わず、前後の章に比べてことばが薄くなっているのである。御庄さんが叙事詩の可能性を開いているのは、家族を中心とする内在的な視点だから、次のような、むしろ素朴な父親の語りを中心にしたらよかったかも知れない。むろん、それはいまだから言えることで、共時的な歴史の渦中にあっては、次から次へと起こる出来事を意味付けることだけで精一杯だったのであろう。

地主様よ、きこえるか、あの歌声が
今夜も飲みの農地委員よ
わしら貧乏人のあの歌声がきこえるか
還せと言う
三反田の貧乏百姓の稲田を還せと言う
長男と次男が戦死したから還せと言う
わしも言うぞ
わしの正一と次郎を還してくれ

（「生活」部分）

こうした戦後の混乱のなかに、シベリアに抑留されていた兵士も帰ってくる。第八章の「帰郷」はそれをうたっている。洗脳されて帰ってきた若者たちは、《祖国の、澱んだ空気の中に小さな礫》を投げる。その波紋が拡がる。この波紋の意味は微妙だが、《春が来たようだ。拡散される波紋に陽がゆれながら多様な意匠にゆらめき、ゆらめき、人人はその鮮やかな幻覚に驚異する》という表現のなかに、むしろ、彼らのなかに希望を見いだそうとする、当時の時代相が映し出されている。言うまでもなく、この詩はシベリア抑留の悲劇の意味をとらえていない。それらが明らかになるには、ラーゲル体験を強いられた、内村剛介の厳しい告発や石原吉郎の詩を待たねばならなかった。わたしたちが忘れてならないのは、この詩が書かれている時期、まだ、スターリンは健在である、ということだ。鎌と槌に象徴されるソビエト国旗は理想化されざるをえない。
どんな語り手も、時代が作る共同幻想の厚い皮膜を破ることはむずかしい。しかし、歴史を超越した絶対正義の立場もないのである。詩のことばも盲目だが、手探りでそれを突き破ろうとする時、そこに緊迫したことばの力が生まれる。こうして第九章「戦雲」から、第十章「植民地都市」にかけて、一九五〇年六月に起こった朝鮮戦争の現実がうたわれている。米ソの対立を背景にして国際紛争にまで発展した、大韓民国と朝鮮人民共和国の三年にわたる戦争が、休戦に入るのは、一九五三年七月だから、この詩は、いわばその戦争の最中に書かれていたことになる。詩人の故郷岩国は、また、アメリカ軍の〈極東第八軍航空隊基地〉の町に変貌し、ここから国連軍の戦闘機や爆撃機が、北朝鮮に向けて空爆のために飛び立つのである。そして、町は〈植民地都市〉のように、色彩の濃い飾窓が並び、《薄っぺらなブラウスの派手な色彩の女たち》が立つようになる。これらの女たちがアメリカの水兵と腕を組んで歩く街筋の、ネオンのなかを流れるセントルイス・ブルース。それを背景にした、次のような叙事詩の終幕の光景はなかなか見事である。

これら金属楽器のにぶいアリアに混って、手を振り、足を鳴らし、口笛を吹きながら踊り狂う小さな操り人形。そのマリン達の、その航空兵の、重なり合った金色の腕章が真黒い五線紙に書かれた虚構の終楽章のその黒い音符をいつまでたどりつづけるのであろうか。小さな操り人形の幻影が今宵もふるさとの夜空一杯にふさがって、あぶら臭い体液がにくしんたちの血球を穢してゆくのだ。その小さな、無数のおびただしい血球のあらがいが、益々黒い音符の狂躁の乱舞を早め、手を振り、足を鳴らし、口笛を吹き……。

（「植民地都市」部分）

この故郷の夜空をふさいでいる、操り人形の狂乱、幻影の舞踏はいったいどこへ行くのであろうか。「エピローグ」は《ああ　ふるさとは哀しみの街――／ああ　ふるさとは日本の恥部――／齢老いた父よ。兄よ。いもうとよ。そして小さな息子達よ。今日あなたがたの眉はひそみ、あなたがたの瞳はただ灰色に曇るばかり……》という詩行で閉じられている。

先にも述べたように、当時は朝鮮戦争の最中であって、この戦争がどういう終結を迎えるのかは、誰にも分からなかった。かつて広島と並んで軍都だった岩国は、国連軍の前進基地になっている。故郷岩国の運命は日本のそれでもあった。戦中から戦後へと移り変わる岩国を見つめながら、死者たちばかりではなく、詩人の瞳も曇るほかないのである。

「岩国組曲」は戦争によって、故郷でもあり、軍都でもあった岩国がたどる変貌を、時間の流れに沿って、しかも家族や生活者の視点で内側から描こうとしていた。その壮大な試みに匹敵するもう一篇の御庄さんの試みは、おそらく四十年以上後に書かれた「組詩「ヒロシマ」」である。岩国と並んで、広島も詩人にとっては重要な場所である。『御庄博実第二詩集』の「あとがき」には、《僕の少年時代、広島はふるさと岩国の近くで燦然とした学都であり、軍都であった。五十三年前の原爆投下の二日後、焼けくすぶっている街を、学友・恩師を尋ねて彷徨した。》と書いている。三十年後、再び医師として帰ってきた広島は、かつてとまったく姿を変えている。

御庄さんの中には、さまざまな広島がある。明治二十七年、大本営が置かれ、日清日露の戦争を遂行する天皇直属の参謀本部になって以来、広島は一貫して軍都であった。若い御庄さんが広島高等学校に在学し、青春を送った学都としての広島、原爆によって灰燼と化した、地獄図会のなかの広島、そして、三十年後に被爆者の診療に携わる医師として帰ってきた広島、この詩が書かれた五十年後の九〇年代の広島。『組詩「ヒロシマ」』は、このさまざまな時間の層のなかにある広島が、主として過去の旧漢字の〈廣島〉と、現在のカタカナの〈ヒロシマ〉として、区別されながらも、むしろ、錯綜し、溶解するように描かれている。街のなかでキャミソールや亜麻色の髪の少女と、帯剣の音やゲートル軍靴が交錯するのである。そのことによって、〈廣島〉は決して忘れさられてよい過去の街ではなく、絶えず現在の〈ヒロシマ〉のなかに甦る街として構成された、と言える。「岩国組曲」では時間の流れの中でとらえられていた一つの街が、ここでは空間化されている、といっていいだろう。

もう一つ、この詩で留意したいのは、時間的にさまざまな広島があると同時に、広島のなかにある幾つもの川、それに架けられている橋や城、山、島はそれぞれ固有の記憶をもっているということである。原爆投下の二日後、御庄さんは焼けくすぶっている街をさまよい歩いたというが、この詩のなかで詩人は、広島のさまざまな場所がもっている記憶のなかを、憑かれたようにさまよい歩いている。そのことで広島は〈廣島〉と〈ヒロシマ〉のすべてを語りだしている。これはまた、「岩国組曲」とは別の叙事詩の可能性を開いている試みであった。

最後に御庄さんから、現代詩文庫に、今度、自分の詩集が入るから、その作品論を書いてもらえないだろうか、という依頼を受けた時、すぐに返事ができなかったこと、わたしに戸惑いがあった事情を述べておいた方がいいだろう。その第一は御庄さんには、わたしなどよりも、個人的に親しいだけでなく、長年にわたって文学運動なども共にした、いわば同志的な理解者がいるだろう、と思ったのである。確かに、わたしが下関に移り住むようになってから、広島でお会いする機会が何度かあった。「列島」の詩人として、若い時からお名前はもとより、作品も読んだ記憶がある。かつて代々木病院における、黒田喜夫の主治医だったことも知っていた。

しかし、そんな程度で、戦後詩の時間のなかで、長い詩歴をもっているこの詩人について、わたしなどが何かものを言うことは不遜ではないか、と思われたのである。それは先に黒田喜夫とのことを知っていたと書いたが、「現代詩手帖」二〇〇〇年一月号から連載された「「代々木病院」と「列島」の詩人たち」に、詳細に証言されている内容から見れば、ほとんど何も知らないに等しいことからも言えるだろう。もっとも、そういうことから離れて、この文章は病者としての「列島」の詩人を照射する、貴重な戦後詩の裏面史になっており、ここにもこの詩人の特異な位置があることも強調しておきたい。

実はそんなわたしの戸惑いが、一九六七年の秋に黒田喜夫から、当時の彼の全詩集・全評論集『詩と反詩』の解説を頼まれた時の、わたしの思いとよく似ていることに気付いたことが、これを引き受けようと思うきっかけになった。六七年といえば、わたしはまだろくに仕事もしていなかったし、黒田を敬愛している一方で、かなりシビアな批判的な文章も書いていて、そこに個人的などんな交渉もなかった。それでもこの詩人は自分の大事な本の解説をわたしに委ねようとしたのである。その黒田喜夫と深い縁のある御庄さんから、今度は現代詩文庫の作品論の依頼があったのである。そのことにわたしは突き動かされてこれを書いたが、うまく書けたかどうか自信がない。ただ、叙事詩の可能性についての手応えだけは、確かなものとしてわたしの中に残っている。

(2002.3.20)

〝ヒロシマ〟を背負って五十七年

——御庄博実の詩業

出海溪也

五十年ぶりの再会だった。二〇〇〇年十一月三日、御庄博実を横浜・石川町駅で迎えて中華街の関帝廟に案内、山手の丘の上にある神奈川近代文学館まで歩いた。白皙長身、帽子をかぶった彼はむかしの面影がそのまま残っていた。近代文学館では原爆文学展が開かれていた。御庄博実の詩業、それに本職の医業ともに畢生の仕事としてうち込んでいる〈原爆〉という命題を考えれば、広島から久しぶりに上京して原爆文学展に足を運んだことはうべなえることであった。原民喜とか峠三吉などの生原稿とともに、原爆の直撃を受けた瓦や土器、木片などが展示され、一つのオブジェとなって五十五年の歳月をくぐりぬけて見る者に迫ってくる。

帰りは外人墓地を左に見て、港の見える丘公園を抜け、木もれ陽のさす急坂を下りて、山下公園まで歩いた。赤い靴の少女像の隣で立ち売りのソフトクリームを買って、彼はおいしそうになめていた。さらに官庁街を通って桜木町まで都合五、六キロのウォーキングをこなし、その健脚ぶりに感心したことを覚えている。

半世紀以上もまえの一九四九年（昭和二十四年）、わたしは「芸術前衛」を編集（岡田芳彦が発行人）、関根弘も三号から同人に参加していた。そのころ御庄博実は山口県の国立岩国病院に入院していた。広島の峠三吉らの「われらの詩の会」で活躍していた。そんな縁で同人に迎え、五〇年六月刊行の『日本前衛詩集』に書いてもらった。このアンソロジーは戦争中、軍部に逆らって抵抗詩を書きつづけた稀有の詩人として高い評価を受けていた金子光晴が序文を書き、第一部「哀しい季節」、第二部「死んだ人と生きのこった人と」、第三部「ふたたび嵐のなかに」、の三部から構成されており、グループ員三十六名が参加、御庄の「盲目の秋」は第三部の冒頭に載っている。

そのころ二十歳代前半だったわたしたちの青春は、エランビタールの時代を背景に〝詩に燃えていた〟。発行後旬日を経ずして朝鮮戦争がはじまった。敗戦後、解放軍として日本に乗りこんできたアメリカ占領軍は、しだいに衣の下の鎧をあらわし、レッドパージの嵐が吹きすさび、一方日本経済は特需景気でうるおった。そして、原子爆弾によって日本が受けた深い傷はそのまま、御庄博実の心の傷痕となって残っていた。

ガリ版刷りの四六版詩集『芸術前衛叢書』を出したのも五〇年だった。木島始訳の『エリュアール詩集』、許南麒『抒情詩集』、御庄博実『国境の灯』で、残念ながら散逸してしまって手許にはない。その二年前に花田清輝や岡本太郎らが「夜の会」を結成、アヴァンギャルド芸術フォーラムを開いていたが、その若手メンバーが「世紀の会」をつくって「世紀群」というガリ版刷りの叢書を出していた。その関根弘の『沙漠の木』や阿部公房の『魔法のチョーク』などにヒントを得た叢書だった。そしてこの年、「芸術前衛」終刊のあと「列島」創刊までのつ、な、ぎ、として出していた「レアリテ」十一月号に御庄は、象徴的色あいの濃い作品「日本海溝」、十二月号に「異邦人」を発表している。

異邦人

而して暗い炎に焼け崩れた階段の、肩の高さを風のように昇っていった跫音。傷ついた足裏の爪は曲りその痛みに黒く死んでいった生活。

時折、死刑執行人の長い顎が私の背後から覗き込むが、奴等についての回想がだんだんと色褪せ醜いものとなりやがて風化された新聞紙の様に風に千切れて深い塵埃の中に埋まってしまうのもそんなに遠いことではあるまい。

二十世紀——。

僕等は確信することが出来る。この長い石段が暗い奈落の底から天国へ通じていることを。そして虚ろな墓掘人夫の鍬の音に混って聞えてくる日記の頁をめくっているかすかな歴史の音を。それら新しい葬列の歌と夜明けの歌の高まりを。

或る日、あなたは第三国人の証明書をもって私達の前にその彫りの深い顔を現わした。それは重い民族の血を骨ばった両肩に背負って堪え抜いた姿勢であったか、或は、踏み固められて足型もつかなくなったすり切れた長い石段の陵角にも似た顔であったか。薄っぺらな一枚の紙。その重さがあなたに耐えられる凡ての重さであった。

まるで泥濘の中に半身をうづめる様にあなたの生涯を取り囲んだこれら貧困の生活の中で、あなたの額は長い神聖な労働に黒く輝いた荒々しい塑像であったが、その青銅の様な幅広い胸は既に決定的な死を抱いていた。——僕は知っている。それがその一枚の証明書と共に今まであなたの腕に支えきれぬ重みとなっていた民衆の苦しみのそれも悲惨な結果の一例であることを——

（中略）

入院して三日たってあなたは血を吐いた。そしてその彫りの深い頬骨の間にもはや二度と見開かぬ眼を沈ませて死んでいった。——貧しい国立施療院の一室に一人の身よりもなく唯一枚の証明書の故に今宵も放置されたままの屍体の翳で、死刑執行人のやせた顎はますますとがるばかり……。

遠い葬列の歌と夜明けの歌と……。

第三国人。もう一人の第三国人。そしてもう一人の……。

あゝここに手離さねばならない同胞がいる。僕等は確信する。凡ての民族を超えて、世界をつなぐ僕等の血が僕等の日記を飾ってくれる日を。


御庄博実の原点であるヒロシマ体験と、その形象化されたメタファーである死刑執行人と墓掘人夫への憎しみ。そして医学関係者としての「第三国人」原爆被爆者への親身の想い、のちの広島・医療生協院長就任いらい今日まで尽くしてきた在日被爆者救済活動の芽が、この詩にすでに内包されている。

＊

一九五一年（昭和二十六年）一月に書いて「岩国病院患者会報」に掲載した「飛行機虫」という詩で、彼はとつぜん米軍に逮捕された。政令三二五号＝占領目的阻害行為処罰令違反のカドであった。朝鮮戦線に向かう米軍機を、うじ虫から孵化した飛行機虫にたとえて、

（前略）
僕らのふるさとのものではない
ぶんぶん　飛びまわる
血と　油のにおいにまみれた
飛行機虫を
たたきおとせ

と、結んでいる。反米・反戦詩と認定されたのである。言論弾圧が詩にまで及んできた証左で、「御庄はいわばこうした名誉ある闘いに参加している前衛詩人である」（井手則雄「列島」第二号）と日本中に波紋がひろがり、国際的にも問題になった。その後のベトナム、湾岸、アフガンと民族自決を侵犯する米軍の行為は変わっていないし、御庄博実の原爆への想いと被爆者救済の姿勢もまた一貫している。

この事件にも懲りず釈放後も、御庄は『解放』という掌篇アンソロジーを出して意気軒昂だった。テレホンカード大のサイズで四十八ページ。第一集が五一年七月、第二集が同年九月刊で定価は十円。第一集はルイ・アラゴンの〈何をなすべきなのか／友よ／何をなすべきなのか〉、第二集はポール・エリュアールの〈私はいう　私のみるものを／私の知っているものを／真実であるものを〉という扉詩で飾られている。いまではアレゴリー詩の代表作としてわたしもたびたび解説してきた関根弘の「なんでも一番」の初出が、この豆詩集であったことが最近になってやっとわかった。ちなみに、すっかり失念していたわたしの「檻の中」という、フォルマリズムっぽい反戦詩も収録されていた。

ほかに岡田芳彦、井手則雄、木原啓允、磯村英樹などを含めて二十四名が参加。おそらく釈放後の第一作と思われる御庄の作品も載っている。

嵐のある夜

水色であると思っていたがその光は何時の間にか黒く血に穢れていた

夏だと云うのにわたくしは塵埃にまみれた二枚の毛布を被って寒さにふるへ、わたくしの肋骨は古い悔恨の痛みにがわがわと鳴っていた

（中略）

正確に――これで六度目の赤い航空灯。西の空からサナトリアムの窓をよぎって東南に消えて行くしたたるような赤さが、矢張りわたくしの左肺下葉の激痛の原因であるかも知れない。

星も見えなければ、わたくしの視野をおびやかすものはこの赤いただ一点の光である

わたくしは睡られぬ夜々、これら狂気の赤い灯を数えつづけるのだった。

その光は何時の間にか黒く血に穢れて……

戦乱が始まってからやがて一年が経つと云う。今宵は風も激しく、わたくしの悔恨の激痛に似た瞋りに炎えている。

かつて木原啓允が「朝鮮に移動する米軍のイメージを象徴的に告発した詩」によって逮捕されたと「飛行機虫」のことを書いていたが、わたしはむしろ飛行機虫というメタファーはかなり直截的で、この「嵐のある夜」がより象徴的であると思う。第二次大戦中の金子光晴の抵抗詩がサンボリックな表現をとらざるを得なかったように、熾烈化する朝鮮戦争下の厳しい状況のなかで、まして釈放直後の御庄としてはとてもストレートに反米・反戦を作品化することは難しく、象徴的手法を駆使するより以外になかったのではないかと思う。

さて、戦後詩の中で注目される「列島」の運動は、アヴァンギャルド派の詩人を結集しての出発であった。さきほどからふれてきたように、御庄や関根を含めた出海らの「芸術前衛」と福田律郎や井手則雄らがやっていた「造形文学」の合併という形で創刊した。それは、戦前のプロレタリア詩の残滓をひきずってきた政治プロパーの詩を止揚して、政治的前衛と芸術的前衛の統一をめざす運動であった。そしてまた当時の詩壇に新しい活力を注入して注目をあつめ、カソリシズムをバックボーンにクラシズムと、モダニズムの克服を標榜していた「荒地」グループに対し、わたしたちのそれはコミュニズムを背景にしたロマンチシズム＝アヴァンギャルドの運動であった。ただ、アンチ・モダニズムという一点では共通していた。

創刊号は野間宏の発刊のことばにつづいて関根「子供の唄」、井手「詩人の発芽期」、出海「前衛《アバンギャルド》の課題」などのエッセイ。御庄は「風景」という詩を発表している。

風景

（前略）

その植民地風景の、ひしめきの、うごめきの……。
ここは一体何処でしょう。
僕が生れ育った故郷の途は
矢張りその煙草屋の角で左へ曲っていたんですか
……。
僕の記憶は何処で狂ったんでしょうか
まるで歯の合わない歯車みたいに。
ケンちゃんも　シゲちゃんも、みんな何処へ行ったんでしょう。
それともみんなこの風景にあきはてて
ふかあい山脈の底で眠っているのでしょうか。

そうそうと北の山脈に星がきらめき始めると、アセチレンガスの黴び臭い輝き。黒い電柱のゆがんだ構図の影で競り上る肉体。オレンジルージュ。煙草の、片言の、饐え臭いスカートの、穢れた性器の——百匁・八十円。一時間・三百円。オールナイト・……。(以下略)

戦後日本の変わり果てた風景への、御庄の憤りは続き最後は「近くの飛行場からサーチライトが高々と空に一本の筋を引くと、今日も亦、海峡を越えてゆく硝煙くさい高まり」という詩句で締めくくられている。〃風景〃の詩では小野十三郎の詩がつとに有名であるが、戦後風景への御庄の告発は、小野の風景の範疇をこえた次元で迫ってくる。そして飛行機虫は相変わらず爆音と硝煙の臭いをまき散らして西に向かう……。

「列島」創刊と同じ三月に出た「詩と詩人」一〇六号に御庄は「機群」という作品で同人参加。浅井十三郎が新潟で戦前から発行していた同誌は、そのころ木原啓允とわたしで東京編集所を構成していた。その後木原もわたしも身を引いたが彼はこの後も、同誌終刊まで詩とエッセイで活躍をつづけた。

*

「列島」二号まで編集にかかわったわたしは実家の都合

で、のち三池炭坑争議の渦巻く大牟田に帰った。五〇年三月末、新婚だった亡妻を伴って岡山で途中下車、御庄博実にはじめて会った。彼は病癒えて岡山大学医学部に復学していた。そのときも帽子をかぶっていた。市電に乗って岡山後楽園など案内してもらい、しばし出会いの感慨にひたった。

しだいに三池闘争にのめり込んでいったわたしは中央詩壇から遠ざかり、争議が敗北に終わるまでの十年、文学・演劇・映画・音楽サークルなどを次つぎと組織、どっぷりと闘争に漬かっていた。一方、その後の御庄の活動は「「代々木病院」と「列島」の詩人たち」に詳しく述べられている。六二年(昭和三十七年)東京に舞い戻ったわたしは一家四人、食うや食わずのどん底で、その後は文学とは訣別して事業に精だしアメリカ、フランス、香港などにも手を広げた。それから三十年余。近年上梓したわたしの第三詩集『旅の詩・黒いマリア』の書評で御庄は、この間のことにふれて過大にも、ペンを折って砂漠の商人となったアルチュル・ランボオになぞらえて紹介してくれた(「詩と思想」)。

「雀百まで……」ではないが二〇〇一年、わたしが発行人になって「新・現代詩」を創刊。木島始、長谷川龍生を含めて「列島」、「現代詩」時代の生きのこりは十指にも満たぬが、御庄博実はさっそく第二号に「閃光に灼かれて、いま……」を執筆した。彼も「雀百まで……」原爆に取り組んでいるのだ。

(2002.3.1)

現代詩文庫 168 御庄博実

発行・二〇〇三年二月七日 初版第一刷

著者・御庄博実

発行者・小田啓之

発行所・株式会社思潮社

〒162-0842 東京都新宿区市谷砂土原町三—十五

電話〇三（三二六七）八一五三（営業）八一四一（編集）八一四二（FAX）振替〇〇一八〇—四—八一二一

印刷・株式会社厚徳社

製本・株式会社越後堂製本

ISBN4-7837-0941-6 C0392

現代詩文庫

第Ⅰ期　＊人名（明朝）は作品論／詩人論の筆者

(137) 続中村稔詩集　粕谷一希／平出隆他
(138) 八木忠栄詩集　富岡多恵子／清水哲男他
(139) 続佐々木幹郎詩集　谷川俊太郎／富岡多恵子他
(140) 城戸朱理詩集　前田英樹／松浦寿輝他
(141) 野村喜和夫詩集　渋沢孝輔／吉田文憲他
(142) 平林敏彦詩集　大岡信／辻井喬他
(143) 続渋沢孝輔詩集　安東次男／出口裕弘他
(144) 続那珂太郎詩集　高柳誠／阿部日奈子他
(145) 財部鳥子詩集　川村湊／新井豊美他
(146) 続長田弘詩集　鶴見俊輔／三木卓他
(147) 吉田加南子詩集　中村稔／岩成達也他
(148) 続清水哲男詩集　清岡卓行／大野新他
(149) 辻仁成詩集　今井義行／野村喜和夫
(150) 木坂涼詩集　清岡卓行／吉野弘他
(151) 田中清光詩集　中村稔／大岡信他
(152) 阿部弘一詩集　安藤元雄／平井照敏他
(153) 続続大岡信詩集　野沢啓／城戸朱理他
(154) 続続鮎川信夫詩集　瀬尾育生／磯田光一他
(155) 続辻征夫詩集　菅野昭正／中上哲夫他
(156) 福間健二詩集　瀬尾育生／鈴木志郎康他
(157) 守中高明詩集　小林康夫／絓秀実他
(158) 平田俊子詩集　吉増剛造／藤井貞和他
(159) 村上昭夫詩集　辻井喬／高橋昭八郎
(160) 広部英一詩集　荒川洋治／岡崎純他
(161) 白石公子詩集　佐々木幹郎／常盤新平他
(162) 鈴木漠詩集　塚本邦雄／清水哲男
(163) 高橋順子詩集　大岡信／池井昌樹他
(164) 池井昌樹詩集　天沢退二郎／粕谷栄市他
(165) 続続清岡卓行詩集　清水哲男／辻征夫他
(166) 倉橋健一詩集　坪内稔典／松原新一他
(167) 高貝弘也詩集　吉岡実／新井豊美他
(168) 御庄博実詩集　長谷川龍生／北川透他

(1) 田村隆一詩集
(2) 谷川雁詩集
(3) 岩田宏詩集
(4) 山本太郎詩集
(5) 清岡卓行詩集
(6) 黒田三郎詩集
(7) 黒田喜夫詩集
(8) 吉本隆明詩集
(9) 鮎川信夫詩集
(10) 飯島耕一詩集
(11) 天沢退二郎詩集
(12) 吉野弘詩集
(13) 長田弘詩集
(14) 吉岡実詩集
(15) 富岡多恵子詩集
(16) 那珂太郎詩集
(17) 安西均詩集
(18) 長谷川龍生詩集
(19) 高橋睦郎詩集
(20) 茨木のり子詩集
(21) 安水稔和詩集
(22) 鈴木志郎康詩集
(23) 生野幸吉詩集
(24) 大岡信詩集
(25) 関根弘詩集
(26) 石原吉郎詩集
(27) 谷川俊太郎詩集
(28) 白石かずこ詩集
(29) 堀川正美詩集
(30) 岡田隆彦詩集
(31) 入沢康夫詩集
(32) 片桐ユズル詩集
(33) 川崎洋詩集
(34) 金井直詩集
(35) 渡辺武信詩集
(36) 安東次男詩集
(37) 三好豊一郎詩集
(38) 中桐雅夫詩集
(39) 中江俊夫詩集
(40) 高野喜久雄詩集
(41) 吉増剛造詩集
(42) 渋沢孝輔詩集
(43) 高良留美子詩集
(44) 三木卓詩集
(45) 加藤郁乎詩集
(46) 石垣りん詩集
(47) 木原孝一詩集
(48) 北川透詩集
(49) 菅原克己詩集
(50) 多田智満子詩集
(51) 鷲巣繁男詩集
(52) 寺山修司詩集
(53) 木島始詩集
(54) 清水昶詩集
(55) 金井美恵子詩集
(56) 吉原幸子詩集
(57) 藤富保男詩集
(58) 岩成達也詩集
(59) 井上光晴詩集
(60) 会田綱雄詩集
(61) 北村太郎詩集
(62) 窪田般彌詩集
(63) 辻井喬詩集
(64) 新川和江詩集
(65) 吉行理恵詩集
(66) 中井英夫詩集
(67) 粕谷栄市詩集
(68) 清水哲男詩集
(69) 山本道子詩集
(70) 宗左近詩集
(71) 中村稔詩集
(72) 粒来哲蔵詩集
(73) 諏訪優詩集
(74) 続飯島耕一詩集
(75) 荒川洋治詩集
(76) 佐々木幹郎詩集
(77) 正津勉詩集
(78) 辻征夫詩集
(79) 安藤元雄詩集
(80) 藤井貞和詩集
(81) 大野新詩集
(82) 犬塚尭詩集
(83) 小長谷清実詩集
(84) 江森國友詩集
(85) 天野忠詩集
(86) 嶋岡晨詩集
(87) 阿部岩夫詩集
(88) 関口篤詩集
(89) 衣更着信詩集
(90) ねじめ正一詩集
(91) 菅谷規矩雄詩集
(92) 井坂洋子詩集
(93) 片岡文雄詩集
(94) 伊藤比呂美詩集
(95) 新藤凉子詩集
(96) 青木はるみ詩集
(97) 中村真一郎詩集
(98) 嵯峨信之詩集
(99) 稲川方人詩集
(100) 平出隆詩集
(101) 松浦寿輝詩集
(102) 朝吹亮二詩集
(103) 続荒川洋治詩集
(104) 続藤井貞和詩集
(105) 続寺山修司詩集
(106) 吉田文憲詩集
(107) 瀬尾育生詩集
(108) 続谷川俊太郎詩集
(109) 続続谷川俊太郎詩集
(110) 続田村隆一詩集
(111) 続続田村隆一詩集
(112) 続天沢退二郎詩集
(113) 続続天沢退二郎詩集
(114) 新井豊美詩集
(115) 続吉増剛造詩集
(116) 続続吉増剛造詩集
(117) 続鮎川信夫詩集
(118) 続北村太郎詩集
(119) 続吉野弘詩集
(120) 続石原吉郎詩集
(121) 続鈴木志郎康詩集
(122) 川田絢音詩集
(123) 続続吉野弘詩集
(124) 続北川透詩集
(125) 続白石かずこ詩集
(126) 続清岡卓行詩集
(127) 続宗左近詩集
(128) 牟礼慶子詩集
(129) 続吉岡実詩集
(130) 続辻井喬詩集
(131) 続大岡信詩集
(132) 続新川和江詩集
(133) 続川崎洋詩集
(134) 続清水昶詩集
(135) 続高橋睦郎詩集
(136) 続長谷川龍生詩集